素材を革袋に手早くしまい、私は片膝をついて指を内側に組み、
境界の神プルプラに
この出会いと縁に感謝の祈りを捧げました。
そしてついで
いきます
く許しも乞うておきました。

ひどく不本意そうにため息を吐いて、
それから彼女の手がそっと私の頭に載せられました。
「君がそうであるならば、君がそうであるうちは、
君の寂しさを埋めてやるのも、
やぶさかではない」

異界転生譚
ゴースト・アンド・リリィ①

長串望　著
イラスト　KYO=H

いずみノベルズ

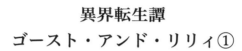

装丁／デザイン　中川 綾香

キャラクター紹介

妛原《あけんばら》 閏《うるう》

情緒ヤバ目の
ステルスストーカーデカ女

リリオ・ドラコバーネ

天真爛漫食いしん坊冒険令嬢

妛原 閠（あけんばら・うるう）

情緒ヤバ目のステルスストーカーデカ女

元限界ブラック社畜ＯＬ二十六歳。気が付いたら「ゲームのアバターで、でもゲームじゃないっぽい異世界に飛ばされるやつ」に巻き込まれていた。会社では身長百八十ちょっと（自己申告）の図体で極力コミュニケーションを絶って影を消そうとしていたら逆に存在感が増して幽霊呼ばわりされていた。アバターの能力で姿を消してひっそりと異世界を満喫しようと試みる。

リリオ・ドラコバーネ

天真爛漫食いしん坊冒険令嬢

一応貴族の令嬢ということになっている、道端で今夜のおかず拾ってくるタイプの第一現地人少女。身長は百四十ちょっとと小柄だが、成人したばかりの十四歳。見聞を広めるために旅に出たはいいものの、調子に乗って単身で森に突っ込んだらうまくいかずにへこたれそうになったり、情緒ヤバ目のストーカーに付け回されたりする。

書籍版特典ショートストーリー　227

異界転生譚
ゴースト・アンド・リリィ

長串望 著
イラスト KYO=H

IZUMI
いずみノベルズ

第一話　亡霊と幻想

息苦しく重苦しく、締め付けられるような眠りから目覚めて、岩原《あけんばら》 閠《うるう》は自分がひとりの暗殺者になっていることに気づいた。

自分で言っていても意味がわからないけど、今もって意味がわからないのだから仕方がない。

ドイツ人作家の真似をしてみたところで文才のない私にはこのくらいが限度だ。

いや、果たしてドイツ人だったか。カフカっていう名前はどうもドイツ人っぽくない。作品に興味はあっても作家にはあんまり興味がないので調べたことがなかった。たぶんオーストリア人かチェコ人だろう。

まあ作家のことはこの際どうでもいい。言い出しておいてなんだけど。

大事なのは私がグレゴール・ザムザよろしく一夜にして変身を遂げていたことだった。幸いにして私は見るも悍《おぞ》ましい毒虫に変わっているということはなかったのだけれど、環境の変化という意味ではなかなかに大きなもののように思う。

なんて、いろいろとっつきづらいモノローグから始めてしまったけど、今後もこんな感じでやってくので合わない人は普通にここらでやめておいた方がいいと思う。サンプルページに表示しておきたい忠告だねこれは。

アニメとかでも三話くらいまで視てから判断すべきっていう判断基準みたいなのはあると思うけど、小説の文体はマンガの絵柄といっしょで好みの違いが大きいからね。内容とかじゃなく、感性に合わないのはもう合わないでしょ。

平均的な文庫本一冊読み終えるのに二、三時間かかるとして、自分はこの与太話を読むためにそれだけの時間を捧げて後悔しないか、っていうのは早めに判断したほうがいい。

だって文句言われるの私だし。批評はともかく文句は言われても困るし。

などと予防線を張っちゃったけど、誰にだよって話だよね。

さて、それでは私自身が落ち着くためにも、順を追って確認していきたいと思う。

たぶん、寝落ちしたんだよね。

仕事終わって、家帰ってきて、パソコン立ち上げてゲーム起動して、そのあとゲーム落とした記憶もベッドに入った記憶もないから、まあほぼほぼ確実に寝落ちだよね。

悲しいことにその様子が簡単に思い浮かぶ程度にはいつものことなんだよね。寝落ち。ブラック労働のあとで疲れてるから仕方ない。ブラック労働のあとに廃人プレイしてるのは普通に心病んでるなとは思うけど。

そうやっていつも寝落ちするからお肌も目力も死に絶えてるんだよなあ。

肌も目も死んでて、貞子みたいな髪してるもんで、職場で幽霊ってあだ名されてるからな私。気づかれてないと思ってるのかもしれないけど、本人に聞こえる陰口は陰口でも何でもないんだよ。

いや、もしかすると私が陰キャ特有のネガティブ思考の末にメンヘラ幻聴を生み出してしまってるのかもしれないけど。ＳＮＳでみんなが私の悪口言ってる、みたいな。

鬱かな？　鬱だよ。診断書付き。

それで、だ。いつものような流れなのに、今朝は騒々しいアラームがなかった。毎朝何度かのスヌーズと闘いながら目を覚ますんだけど、これがなかった。

代わりに私を覚醒させたのは、ちかちかと差し込む眩《まぶ》しい日差しだった。

すわ寝坊したかと大慌てで飛び起きた私を出迎えたのは、煌《きら》めく木漏れ日、さわやかな朝の風とさえずる小鳥。そしてマイナスイオン漂う緑鮮やかな森であった。

つまり私はなぜか外で、それも自宅周辺にはまずないだろう森の中に倒れていたのだった。

これが仮に見知らぬ密室で見知らぬ他人と転がされていたり、あまつさえ爆弾付きの首輪とかつけられてたなら「これデスゲームで見たやつだ！」と秒で察したところだが、しかし森だ。

今日日《きょうび》徒歩圏内で探すことの方が難しいレベルのすがすがしい空気とマイナスイオンがあふれる森だ。心地よい鳥の囀《さえず》り付き。心地よくない羽虫とかもいるな。

うん。快不快で言うとやや不快寄りかもしれない。見た目だけならキレイかもしれないけど、都会育ちにとって朝露に濡れた草の感触とか、湿った土のにおいとかって普通に不快だと思う。草地に腰を下ろすのすらためらうわ。虫とかいそうだし。

主語を大きくしてしまったけど、でもみんなだって大自然の素晴らしさを持ち上げておきながらも、自分が大自然に転がされて羽虫とかに集《たか》られたら普通に文句言うでしょ。

少なくとも私は「えっなにこれ……知らんにおいがする……こわっ」とはなった。

このあたりでだんだんとはっきり目が覚めてきて、反射的に枕もとのスマホに手を伸ばしたのは現代人としてはいたって普通の反応だとは思う。

もちろんそんなものはなかった。

なにしろ枕もとどころか枕自体ないし、ベッドもなければコンセントもないしアダプタに接続されて充電していたスマホもあるわけがない。身一つなのだ。そもそもたぶん寝落ちしてベッドで寝てない。

何ならあるのかといってなにもない。見渡す限りの木。木。木。草。木。ザ・森。あと虫。

こんな森の中で、女としてはタッパがありすぎて微妙に寸足らずなパジャマ一枚じゃいくらなんでも心もとないな、と我が身を見下ろし、私はさらなる困惑に陥った。

寝巻がなかったのである。

いや、真っ裸ということではない。

正確に言うと寝巻ではない、ということだ。

スーツ姿で寝入ってしまった、ということでもなく。

さすがの私も仕事から帰って着替えもせずにゲームに癒やしを求めるほど疲れ切ってはいない。と思う。そう信じよう。信じる者は儲かる。そのわりに薄給だが。

絶対ないと言い切れないあたり自分の信頼の低さが伺えるね。ちゃんと意識があるなら覚えてるんだけど、意識もうろうとしてると現実と幻覚の区別がつかないし。そもそも最近意識が明瞭で現実と幻覚の区別がついている時間がどれくらいあったのかよくわかってない。

みんなはカフェインと糖分で意識を保つような生活はやめようね。精神と肉体、どっちの寿命も目に見えるくらいには目減りしていくと思うから。したくてしてるわけじゃないんだけど。

まあ私のメンタルのことは置いておくとして、問題の私のスタイルだ。

見下ろした私の体は、奇妙な衣服をまとっていた。

足元は見慣れない編み上げのブーツを履き、手もよくよく見てみれば手袋をつけ、革の手甲のようなものを巻いている。髪に触れる感触に手をやってみれば、フード付きのマントのようなものを着込んでいるらしい。

マントの下には動きやすそうな黒の上下を着込んでおり、腰のベルトにはポーチや用途不明の瓶やアクセサリーや、ちょっとぎょっとしたがナイフらしきものが下げられていた。

古い時代の巡礼とか旅人とか、もしかしたらこんな感じかもしれない。黒づくめで不審だが。

勘違いしないでほしいのだけれど、これはまったく私の趣味の服装というわけではない。ふだんからこんな格好で街なんて歩いたら目立って仕方がない。

ふだんの私はもっと地味で目立たない格好を心掛けているし、そもそも街なんて必要でもなければ出歩かない引きこもり《インドア》なのだ。百八十センチちょっとの高身長は、いい感じの服を探すのにも苦労するのだ、と言い訳はしておく。

ともあれこの謎の格好に私はしばらく困惑した。

マントに銀糸で刺繍《ししゅう》された瀟洒《しょうしゃ》な模様やら、時代錯誤な感の否めない古めかしい衣装やら、腰の瓶に収められたやけにケミカルな色の液体やらに眉をひそめる。

「なんだこのゲームで見たようなファンタジー・グッズは……？」

そしてハタと気づいたのだった。

ゲーム。

ファンタジー。

そう、それはまさしくゲームの世界、ファンタジーの世界のものだったのだ。

立ち上がってよくよく調べてみれば、私の服装――というよりはこう言った方がいいか。私の《装備》は私が寝落ち寸前までプレイしていたＭＭＯＲＰＧの使用キャラクターのものだったのだ。

――ＭＭＯＲＰＧ。

つまりマッシブリー・マルチプレイヤー・オンライン・ロール・プレイング・ゲーム。

これはインターネットを介して大規模《マッシブリー》にそして多人数《マルチ》のプレイヤーがリアルタイムで同時に参加するオンラインゲームの一種で、特にコンピューターＲＰＧ風のものだ。

三行以内にまとめてもなに言ってんのかわかんねえ感が強いなこれ。

つまってないつまりを改めると、あれだ。ライトノベルとかでよくフルダイブしてたりデスゲームしてたり、最近だと配信とかするやつだね。ＶＲＭＭＯものとかいうやつだ。

私がやってたのは画面越しにキーボードとマウスで操作する、ＶＲじゃない昔ながらの普通のやつだけどね。ＶＲの時代はまだ遠そうだ。

ともあれ、私のプレイしていたＭＭＯＲＰＧ。

そのタイトルは《エンズビル・オンライン》。いまや老舗《しにせ》のゲームの一つだ。

現実逃避と癒しと時間潰しを目的にプレイしていて、学生の頃からコツコツ地道にレベルを上げていまや立派な中毒者だった。

リアルでは友達がいないのに、ゲームではフレンド・リストに何人か登録しているくらいには人生の比重がゲームに偏ってる。

ゲームの中ではレベルが上がったのに現実では人間としてレベルが下がってしまった気はするがそんなことはどうでもいい。人間強度とか言い出すとろくでもないし。

ゲームにおけるキャラクターはデフォルメされていてここまでのリアリティはなかったけれど、しかし服装の特徴は確かにプレイしていたキャラクターである《暗殺者《アサシン》》のものと一致した。まあ正確にはその系統の最上位職だけれど、何にせよ毎日のように見ているのだから間違えようもない。

問題はどうしてこんなクオリティの高いコスプレをさせられて、見知らぬ森の中に寝かされていたのかということだ。気楽に人にやるにはつくりがよすぎるぞこれ。いくらするんだ。

ああ、いや、もちろん本当に、見知らぬ森の中にコスプレ姿で放置されている、なんて馬鹿げたことを考えたわけじゃない。ただの現実逃避だ。

でもたぶん、もっと馬鹿げたことは、考えてた。

本当に、本当に馬鹿げた話だけれど。

もしかしたら、本当にもしかしたら、これはあれなんじゃなかろうかって。

ラノベでよく見る、親の顔より見たあの展開なんじゃなかろうかって。

「これは、もしや……『ゲームのアバターで、でもゲームじゃないっぽい異世界に飛ばされるやつ』なのでは……?」

もっと親の顔見て定期。

じゃなかった。

そう、『ゲームのアバターで、でもゲームじゃないっぽい異世界に飛ばされるやつ』だ。

声に出してみるとなんと馬鹿げた考えだろうか。『ゲームのアバターで、でもゲームじゃないっぽい異世界に飛ばされるやつ』だなんて。もうそのワードだけですでに馬鹿っぽい。

この『ゲームのアバターで、でもゲームじゃないっぽい異世界に飛ばされるやつ』というのは文字通りのもので、ラノベ等で見かけるジャンルの一つだ。もしかしたらちゃんとした正式名称があるのかもしれないけど、私は寡聞《かぶん》にして存じ上げない。大枠で言えば異世界転生・転移ものになるかな。

趣味でプレイしていたゲーム内キャラクターの容姿だとか装備だとかステータスだとか特殊能力だとかを身に着けたうえで、でもそのゲーム内とかそのゲームにそっくりな現実世界に飛ばされるわけじゃなく、なんか似てるけど違う知らない異世界に飛ばされるやつだ。

たとえばって言われると、私も最近そんなにラノベ読む余裕とかなかったからそんなに数は出ないけど。チート骸骨が出てくるやつとかかな。どの骸骨とか特定はやめよう。版権的に怖いし。うん。

親の顔ほどは見てないな。

ゲームそのものの世界に転生するやつだと架空原作異世界転生とかになるのかな。知らんけど。ちゃんとゲームシステムが生きてるやつなんかだとさ、あれって大枠としてはファンタジーになるのかＳＦになるのかちょっと悩むよね。本当に電子的な意味でゲームの中に人格を転生させてるやつもあるし。

普通の（普通とは？）異世界ものでも、ステータスとか、ウィンドウとかのゲームみたいな要素が出てくるやつだと、一瞬ちょっとうがった見方しちゃうよね。これは背景にＳＦ的な要素があるんじゃないかとか。たぶんわかりやすく通じるテンプレ描写でしかないんだけど。

私の場合、見慣れたホームの町じゃないからゲームじゃないっぽい異世界かなって思ったけど、そもそも情報が全然ない森の中だからそこもあやふやだな。

「情報……情報と言えばあれか…………あれやるの？」

あれ。

そう、親の顔ほどは見てないけど、異世界来たらやっとくかという定番のあれ。

私は意味もなくちょっとあたりを見渡してから、おもむろに叫んだ。

「よし……ステータスオープン！」

しかし、なにもおこらなかった！

木々の葉擦れと小鳥のさえずりが、やけに切ない。

結局、試行錯誤の末に、頭の中でゲーム内の操作方法、Ａｌｔ＋Ａ《ショートカット》キーを想像しただけで普通に開閉できてしまった。なんだかな。若干恥ずかしいと思いながらも頑張って唱えたのに、無駄に損した気分だな。

しかしそれにしても、本当にステータス画面が私の前に開かれてしまった。右上のばってん《クローズ・ボタン》を押せば消すこともできた。

地面に影とか落ちないあたり、例によって例のごとく私にしか見えない仕様なのかなこれ。

試しに指で触れてみれば操作もできたし、内容を検《あらた》めてみれば確かに寝落ちするまでプレイしていた《エンズビル・オンライン》のステータス画面で間違いなかった。

表示されている情報も、私のプレイヤー・キャラクターに相違なかった。

名前：エイシス
種族：人間
《職業《ジョブ》》：《死神《グリムリーパー》》

以下省略。

ステータスの数値見て喜ぶ人がいるのは承知してるけど、私はそういう細かい数字は飛ばしちゃう方なんだよね。初期レベルから育っていく感じとか、成長の傾向とかが数字でわかるっていうのは一つの表現法として面白いとは思うけど。

まあ一応最上級職の最大レベルまで育ててる廃人仕様だとは言っておこうかな。偏った育て方してるから、最強とはとても言えないけど。

で、ステータス画面が本当に出てきちゃったし、表示されてるのが私の持ちキャラだってのも明らかになって、でもそれだけだった。それ以外は相変わらず謎のままだった。この手の話ではよくあることだけど。

「後々意味深に理由が開示されたり、最終話まで行っても謎のままだったり、いろいろだからなあ」

いや、本当にこの手のやつって理由がいろいろあるから、特定が難しそうだ。

そりゃあ、書く方だってオリジナリティ出そうと頑張るんだから、作者の数だけ設定があるだろう。ゲームのアバターでゲームのウィンドウも出るんだから《エンズビル・オンライン》が関係してるのかもしれないっていう予想さえも、わりとあっさりひっくり返りそうだし予断はやめておこう。

それからいろいろいじってみても、予想通りログアウトはできない。というかそもそものログアウト・ボタンが消えてる。頭の中でＥｓｃキーを想像してみても、『ゲーム画面が閉じる』なんてことはない。強制終了もなし、ね。

「……もしかしてこの場合の強制終了って、死ぬってことかな……」

ちょっとぞっとした。

流れ作業的にやってしまったけど、かなり軽率だったかもしれない。頭の中のこととはいえ、慎重にならないといけないかも。

気を取り直して、他も見ていこう。

所属してたはずのギルドも空欄になってるし、フレンド・リストも空白。これは単に初期化されちゃってるのか、それとも他に誰もいないってことなのかね。

誰もいないにもいろいろあるから、嫌な想像もしてしまう。他のメンツも飛ばされてきたけど、すでにみんな死んだ後、とかね。そういうパターンもあるからなあ、ゲームのアバターで異世界に飛ばされるやつ。しれっと何百年後とか何千年後とか普通にやるやつ。

表示されている現在時刻は朝方。午前六時すぎ。いつもの起床時間だ。

ただ、この世界が二十四時間制なのかわかんないから、ちょっと保留かな。

この世界の文化圏が一日を二十四時間で分割してるかもわかんないし、不定時法かもしれない。そもそもの話として違う惑星なら自転周期も公転周期も違ってくるだろう。

さすがに、昼しかないとか、一日が何日分もかかるとか、そういうことはないと信じたい。

現在地は……不明。表示がバグってる。

試しに座標表示コマンド入力してみたけど、エラーが出てしまうだけだった。たぶん、《エンズビル・オンライン》にはないマップ……というよりは世界、なのかな。

いよいよ『ゲームのアバターで、でもゲームじゃないっぽい異世界に飛ばされるやつ』っぽいな。どちらにせよたいていの場合帰る方法がないからどっちでもいいんだけど。

「無事帰れても、帰ったころには死んだことになってるか、最低でも会社はクビになってるだろうしなあ……社会的には完全に死んでるんだよなあ」

もともと死んでるような生き方してたし、大差ないかもしれない。

普通はみんな元の世界に戻りたがるんじゃないかとか、元の世界の家族はとか、一読者の時はいろいろ突っ込んでたものだけど、いざ自分がそういう立場になると、全然帰りたくないな。

ああ、でも、あとあとボディ・ブロウみたいにじんわりホームシックが染みてくるかもしれない。

二十四時間営業のコンビニとか。

気を取り直して、次は物品まわりかな。

装備品の見た目は先ほど確かめたものとして、腰の謎の小道具とか。

瓶のようなものを取り外して、光に透かすようにして見てみると、頭の中に自然と《ポーション(小)》というアイテム名が浮かんだ。それは《エンズビル・オンライン》のアイテムだった。

ベルトに吊るされた道具を順に検めてみれば、他のアイテムも同じように詳細が知れた。そうして一通り見てみると、それらは私がキーひとつですぐに使えるようにしていた、つまりショートカット・キーに登録していたアイテムたちだった。

なるほど、すぐに使えるというのが、こうしてすぐに手に取れるという形で、ある種「翻訳」されているらしい。

それでいて、頭にショートカット・ウィンドウを思い浮かべてショートカット・キーを念じてみると、対応したアイテムがぱっと手の中にあらわれもする。うーん。便利なような、迂闊《うかつ》に想像もできない不便さのような。

ショートカットに入れた記憶のないポーチのようなものを開いて手を入れてみると、不思議に中身の一覧が頭に浮かんだ。いくつものアイテム。予備の装備品。見覚えのある、私の所持品たち。つまりこれはインベントリということだろう。

ゲームやらない人はインベントリってわかんないと思うけど、これは目録とか在庫とかを意味する言葉で、いま持ってるアイテムが収納されている場所のことだね。ゲームっぽい表現のライトノベルだと、よく収納とかアイテム・ボックスとか言われるやつだ。

じゃあ最初からそう言えって？　それはそう。

試しに中身を出し入れしてみると、明らかにサイズが大きなものでも、取り出すことができ、戻すことも簡単。四次元ポケットみたいだ。

「食べ物とか、ナマモノ系も入ってるけど大丈夫かな……」

よくある設定なら、内部では時間が進まないらしいけど、例外も多いのでそのうち確認しておかないとね。あとは生き物が入れられるかどうかとか。たまにイベント・アイテム扱いで小動物とか入れられることあるし。

システム、アイテムまわり以外では、いまの私自身のことも確かめてみた。

単にコスプレした限界ブラック社畜ＯＬだったら、いくらアイテムとかあっても大変だからね。

とはいえ、結論から言えばそれは普通に杞憂《きゆう》だった。

試しにジャンプしてみればギャグマンガみたいにぴょいーんと木々の上に抜けてしまい、悲鳴を上げそこねながらも体は危なげなく着地できた。その衝撃だって全然感じなかった。

ビビりながらもいけるかなと思ってやってみたら、バク転も普通にできるし、バク宙までしれっとできてしまった。仕事に困っても雑技団には就職できそうだ。

じゃあパワーはどうかなって近くの木を殴ってみる。痛くはない。感触はあるし、衝撃もある。まったく痛くないっていうわけじゃないけど、それは予想よりもずっと小さい。

何度か殴っていくと、木の皮は剥がれ、幹は削れ、それなりの時間をかけて木を伐り倒すことに成功した。もちろん、ただのＯＬだった私にできることではない。

ステータス的には腕力的なのはそんなに鍛えてないんだけど、それでも最大レベルとなればこれくらいはできるみたいだ。まあ雑魚《ざこ》敵とかワンパンなわけで、そりゃそうかって感じでもある。

いや、でもボクシングやってる女の子が細めとはいえ木を殴りまくってへし折る動画見たことあるな。私が女児に劣るクソザコと考えるべきか、バチクソ強い女児にようやく追いついたと考えるべきか。

まあメンタルがクソザコなのは確定として。

これでクラフトもできればここに仮拠点作って植林しながら燃料と資材をためていくところなんだけど、残念ながら当然のこととして、現実は箱庭ゲームのようにはいかないのだった。

無駄に自然破壊してしまったことを反省しつつ、伐り倒した木に腰かけて、一息。

いろいろと試して、いろいろとわかったこともあるけれど、それと同じくらい、というよりそれ以上になぜとかどうしてとかが積みあがってしまった。

まあ、つまりはだ。

「わからないということがわかった、ってやつかな」

そう、結局のところ、振出しに戻る。

岩原《あけんばら》閏《うるう》は自分がひとりの暗殺者になっていることに気づいた、ってことね。

いやはや、ほんと、意味がわからな過ぎてしばらく現実逃避しちゃったのも仕方ないよねっていう。

不親切にもほどがあるチュートリアルをセルフで済ませて、私は手持無沙汰に空を仰いだ。

異世界の空もやっぱり青く、異世界の雲もやっぱり地上の些事《さじ》など気にもかけず流れていく。風景がきれいなゲームは定評があるけど、風景を眺めるだけのゲームはひたすらに虚無だった。

これでタイトルとかスタッフロールとか浮かんでくれれば、自然なタイトルコールからのオープニングって流れなのかなあ、なんて、益体《やくたい》もないことを考えてしまう。当然それもない。

「どうしよう……オープンワールド系は、なにすればいいのかわかんないんだよなあ……」

これと言って目的も理由もなく、原因さえわからないまま、始めた覚えのないオープンワールドなファンタジーに引き込まれた私は、突然の休日を前に何をすればいいのかわからず呆然とするような心地でぼけらったと時間を過ごすのだった。

自分で言っておいて悲しくなるほどファンタジーに欠けた限界ブラック社畜仕草であった。

用語解説

・異界転生譚 ゴースト・アンド・リリィ

いかいてんしょうたん、と読む。

・岩原《あけんばら》　閏《うるう》
二十六歳。女性。限界ブラック企業勤めの事務職。趣味はＭＭＯＲＰＧ。

・《暗殺者《アサシン》》
初期《職業《ジョブ》》である《盗賊《シーフ》》から派生する上位《職業《ジョブ》》及びその系統の総称。

高い武器攻撃力、高い素早さによる連撃、高い器用さによるクリティカルで高火力をたたき出すトリッキーな《職業《ジョブ》》。姿を隠したりする直接攻撃力にはかかわらない特殊な《技能《スキル》》が多い。

岩原閏は《盗賊《シーフ》》↓《暗殺者《アサシン》》↓《執行人《リキデイター》》↓《 死神《グリムリーパー》 》と続く《暗殺者《アサシン》》系統の最上位職。

詳細は後述するが産廃職。

『暗殺者と親しくするのはお勧めしない。自分が暗殺者だと公言してるやつなんて、まず長生きしないからな』

第二話　白百合と境の森

百合《リリオ》という名前は、母が名付けてくれたものだと聞いています。他領から嫁いできた母が、故郷でも馴染みのあった花の名前を私につけてくれたのだそうです。

数年前に母が亡くなってしまった後も、この名前と、いろいろなものに刺繍や彫り物として遺してくれた白百合の紋が、いまでも優しかった母とのつながりを感じさせてくれます。

母の生まれ育った土地は南の暖かなおくにで、寒さの厳しい当地に馴染むのはずいぶんと大変だったと聞いています。それでも母は寒い冬が来るたびに、暖炉のそばで私を暖かく抱きしめて、リリオがいてくれるから私は寒くないわと微笑《ほほえ》んでくれました。

故郷の花を思い起こさせることで少しでも母の寂しさを和らげられればと、冬のあいだ私はいつも母のそばにいたように思います。

まさか言葉通り、子ども体温の私を抱っこして暖を取っていたのだと知ったのは後になってからでしたけれど、まあ私も暖かかったので、これはあくまでよい話なのです。

そんな穏やかな母は平民出身でした。貴族の、それも若くして当主になったばかりの父が母を見初めて、親戚や家臣から反対されながらも、大恋愛の末に結ばれたそうです。

慣れない土地で、寒さに凍え、馴染みのない貴族としての生活を送りながらも、母は私にそんな苦労は見せませんでした。いつも穏やかに微笑み、時には少女のように声をあげて笑い、そして優しく抱きしめてくれました。

そんな母に、私が立派に成人した姿を見せたかったと強く思います。

私はこんなに、まあ、ほどほどに、若干遅れがちながらも大きく育ちました、と。伸び盛りですからこれからのはずです。

貴族の家には、成人した若者は諸国を漫遊して見識を深めるべしという昔からの習わしがあります。いわゆる、諸国漫遊の儀というやつですね。

現代ではせいぜいがご近所さんを巡って顔役とつなぎを得たり、親戚を訪ねて交友を深めたりという程度の、いわば顔見世の小旅行程度のものが主流のようでしたけれど、当家ではいまも古式ゆかしく、子には半年から一年ばかりわずかな供と旅をさせることになっていました。

私の兄も、二年前に成人を迎えて諸国漫遊の儀に出ました。一年ほどの短い間に遠い南部まで足を運んだといいますから、なかなかの強行軍です。旅のお話を聞くところによれば、運河を利用すればかなりの短縮は見込めるとのことです。

運河のお話も浪漫《ろうまん》があります。

運河沿いの町にはたくさんの品々が毎日のように運ばれ、運び出され、珍しい宝もお目にかかる機会があるのだとか。冬も凍らず、家よりも大きな船が何隻も行きかう大きな川や、そんな大きな船を狙う川賊《かわぞく》たちの脅威。足元の不安定な戦場での戦い。

それらのお話の中には、兄が私を楽しませようと話を盛ったものもあったとは思いますけれど、それでも、川賊の頭と船上で一騎打ちになった話や、川に叩き落されそうになった経験から泳ぎを真剣に学んだ話など、私の冒険心を掻き立てたものです。

父も若いころに内地を大いに旅してまわり見識を深め、早逝《そうせい》した祖父に代わって齢《よわい》十六で当主を代替わりしても立派に勤めてこられました。

まあ、そのどたばたのなかで母に一目ぼれして求婚して一年ばかりで結婚したとのことですから、ある意味では私以上にやんちゃですね。

そんな私はこの春に十四歳になり成人を迎えました。

過保護な父が家訓なぞ知ったことかと引き留めるのを振り切って、雪解けとともに早々に旅に出ることにしました。それは昔ながらに諸方を見て回ってよく学ぶようにという家の方針以上に、母の故郷を見てみたいという思いの強さもありました。

母の故郷である、南部の港町。きっと兄も母の面影を求めて、無理を押して南部まで足を伸ばしたに違いありません。私もその景色を、母の故郷を目にしたかったのです。

母という暖房器具がなくなったので寒さに耐えかねるようになったという理由からでは、ぜんぜんまったくありませんよ？

いくらかそのような思いがないわけではなかったですけれど、母から寝物語に聞いた百合のお話であったり、また騎士道物語や冒険の旅のお話を聞くにつけ、私の中で旅への思いが強まっていったのは本当でした。

見たことも聞いたこともない、遠い異国の景色。

旅路を妨げる危険や冒険の数々。

信じられないぐらいたくさんの人々が住まう大都会。

その中で繰り返される出会いと別れ。

そう、それは浪漫でした。

まあ、とはいえ？

意気揚々と旅立ったはいいものの、旅を始めて最初のうちは、慣れないことも多く、もう帰ろうかと気弱になることもありました。

私は自分が思っている以上に世間知らずで、乳母日傘《おんばひがさ》とは言わないまでも、田舎者なりにちゃんとお嬢様として育てられていたのだと思い知りました。

いえまあ、たぶん内地のお嬢様基準としてはだいぶ山猿度が高いとは思いますけれど。内地のご令嬢はそもそも自分で旅しないし、馬車から降りないと思いますけれど。

例えば地図の読み方、道の選び方、どれくらいの足取りで歩けばどのくらいの距離をどれくらいの時間で進めるのか。

またたとえば、宿場町で泊まるにしても、どのような宿がよいのか、部屋はどのようなものか、相場はどれくらいか、金銭はどのように支払えばよいのか。

その金銭にしても持ち出しだけではいずれなくなってしまいますから、どのように節約していくべきか、また減る一方でなく増やすためにも、日銭を稼ぐすべはどうか。

そのどれもが私にとってははじめてのことばかりで、どれも満足にはいかず、おつきの女中にたずねては旅の間で学んでいくような始末でした。

最悪、お金に関しては実家に頼れば送ってくれなくもないでしょうけれど、それはあんまり恥ずかしいでしょう。などというのは旅のド素人としては思いあがった考えかもしれませんけれど。

思えば私は、旅のしたくさえも自分の剣や鎧のことばかりで、鞄の中身さえもおつきの女中に任せきりだったのでした。自分の靴紐の予備がどこにあるかということさえ、私は鞄の中身を全部引っ張り出すまでトンとわかっていなかったのでした。

しかし何度か野営を繰り返すうちに、私は焚火《たきび》を朝まで持たせる術を学び、手早く支度《したく》を整えることを覚え、味気のない保存食をおいしく食べる方法を会得《えとく》していきました。ええ、つまり、おつきの女中の介護の下でという意味ですけれど。

まあ介護下とはいえ、夜の眠りをしっかりととれるようになると、昼間の活動は驚くほど活力に満ちたものになり、疲れを残さないように行動できれば、あれほど苦労ばかりだった旅路には見違えるほどたくさんの発見が転がっていました。

成人旅行、諸国漫遊の儀の先達《せんだつ》であり、私に旅の話を語ってくれた兄が言っていた意味がようやくわかりました。

旅の楽しみは、楽しめるようにならなければわからない、と。

あれはこういうことだったのですね。自分に余裕が出てこなければ、見えないものがあります。辛い辛いと思っていたものの中には、見落としていたものがたくさんあったのです。

まあ、そんなふうに何かをわかったようなつもりになってしまったために、私は迂闊にも、やんちゃ心と冒険心のままに、おつきの女中を振り切って一人で旅立つという、いま思えばあまりにも愚かしい選択をしてしまったのですけれど。

若気の至り、というやつですね。まあ、私は成人したばかりの小娘なので、まさしく若気真っ最中です。仕方ないといえば仕方ないかもしれません。何をするにもだいたい若気の勢いです。反省する心があるだけ、大目に見てほしいかもしれません。

おつきの女中がそれはもう何から何までしてくれるので、「あ、これダメになるかも」という危機感もありましたし。

さて、そんな若気の至りのままに自由気ままな一人旅。気をよくした私は、このとき完全に調子に乗っていました。いっぱしの旅人を気取っていました。いまからして思えば恥じ入るばかりです。後悔はしていませんけれど。反省はしています。次やるときは行き当たりばったりじゃなくもっと計画的にやろうと思う程度には。

いくつか宿場町をへて、境の森に入った頃には、私は暖かな気候にもずいぶん慣れてきました。くにを出るときに着込んでいた上着や外套《がいとう》はみんな背嚢《はいのう》の底で、いまは軽装で過ごしています。これでもずいぶん暑く感じるのですから、もっと南まで、南部の海まで行った時が今から少し不安で、そしてとても楽しみです。

帝国本土と辺境の地の間に横たわる境の森は、北は天突き連なる臥龍《がりゅう》山脈から、南は茫漠《ぼうばく》たる海のそばまで南北に長く広がる森で、多くの恵みをもたらすとともに、魔獣や野獣などの危険も多い地です。

街道は北方にひとつ、南方に二つ通っていますけれど、高い通行税がかかります。

どちらも通りやすいようによくよく整備されていて、進みやすく時間もかからないので、荷物の多い商人や郵便馬車、安全を求めるものは街道を利用するのですけれど、旅慣れたものや身軽なものは、森の中を進んで通ることも多いそうです。

何しろ本当に、通行税が高くつくのです。

それも経費のうちと計上できる商人や、予算として認められている郵便馬車ならともかく、個人の旅人が気軽に支払えるほど安くはないのです。なにしろ帝国広しといえども、最も関税の高い街道だそうですから。

私は路銀も節約したいですし、せっかくですので旅の醍醐味として悪路を行くのもいいかもしれない、などと気軽に考えて森に立ち入ったのでした。もしもおつきの女中を置いていっていなければ、きっとひどく叱りつけられてたしなめられていただろう蛮行です。

関税の高さはそのまま街道の安全性の高さであり、利便性の証明であり、逆説的に道を外れた場合の高い危険性と不便さを証明するものでもあったのですから。

兄ののんきな物言いから旅を学んだ私は、旅の楽しさは見出しつつも、まだまだ旅の本当の厳しさというものを知らなかったのです。

森の本当の厳しさというものは、いままで整備された街道を通ってきた私にはずいぶん堪えました。国許《くにもと》のように寒さに凍えることがないのはずいぶん助かりましたけれど、虫や獣も多く、足元は木の根や石ででこぼことして、下草にもずいぶんと足を取られました。焚火をするにも開けた場所を探すのは大変で、野営の準備には苦労させられました。

狩りや山菜取りのために少しのあいだ慣れた森に入るのとは、それはわけが違う難度でした。

事前に宿場町で聞いたときは、一日もあれば抜けられるとのことでしたけれど、それは街道を使って抜けた時の数字でした。それも馬車で。

よくよく整備された街道でそれなのですから、数少ない旅人たちが通ってできた獣道同然の道をかきわけていくのでは、格段に険しいのは当たり前のことでした。

その当たり前のことに気づいたのは、ろくに歩かないうちに疲れはじめ、まったく開ける様子のない森に焦り、何とか野営の準備を整えている間にとっぷりと日が暮れてしまった初日のことでした。

いままで二人でしていたことを、というよりは半分どころでなくおつきの女中に頼っていたところを、全部ひとりでしようというのですから、それも当然です。

木々が葉を生い茂らせる森の中では昼のうちから薄暗く、日が沈むのも早いものでした。

その晩は、なんとか火を熾《おこ》して、夕食もそこそこに倒れるように寝入ってしまいました。もうほとんど気絶みたいな具合でした。あまりの無防備さにあきれるほど、すこんと眠りに落ちてしまっていました。

恩恵も強く体力には自信のあった私ですけれど、慣れない環境と、一人旅の興奮と緊張、さまざまな要因から、すっかり疲れ切ってしまったようでした。

目が覚めたのも、いつの間にか焚火が消えていて、朝の冷たい空気にぶるりと震えてのことでした。焚火もないまま夜を過ごしたことに気づいて、よくまあ獣が近寄らなかったものだとおののいたものです。

その反省もあって、二日目には移動中から薪になりそうな枯れ枝を拾い集めていき、先人の遺《のこ》した道を急ぎながら野営に適した候補地をきちんと確認し、早めに準備を整えました。少なくとも、そのつもりでした。

それでも平地を歩いてきた時よりもずっと疲労がたまり、なかなか思うように進めませんでした。なあに、森の中なんて故郷でずいぶん歩き回った庭のようなものですし、一日中だって遊びまわれるくらいに体力だってあるのだから、などというのはまったく以ておごり高ぶった考えでした。

故郷の森が庭のようなものだったというのは、まったくその通りでした。

私は他の人がよくよく手入れしてくれた庭の中を、それとなく気を遣われながら遊ばせてもらっていたのだということにいまになってなんとなく気づけたのでした。

子ども特有の無尽蔵の体力で、世界の果てまで駆けまわっていたようにさえ思うのに、それにはかならず誰かが目を光らせ、ついて回っていたのでした。かなり引きずり回したのでさぞかし大変だったと思います。

くにの森では方角も時間もすべてがすべて手に取るようにわかったというのに、この森では私は早々に方角を見失い、いまがなんどきなのかもさっぱりわかりませんでした。私は勝手のわからぬよそ者で、森は考えなしの新参者にやさしくはありませんでした。

かろうじて見え隠れする木漏れ日の角度をあやふやに確認しながら、おそらく前人の通った道と思しきグネグネと曲がったけもの道をおっかなびっくり進むことしかできないのです。

お世話のし過ぎで私をだめにしてしまう、と思っていたおつきの女中が、何気ないそぶりで私の前を歩き、歩きやすいように枝葉や下草を払っていたことが、いまさらながらに思い出されます。なんでもないようにこなしていたそれが、自分でやるとなるとなんと難しいことでしょうか。

鉈《なた》は思いのほかに扱いづらく、力任せに振るっても一度で綺麗に枝葉を切り払うことはできず、無駄に何度も振るっては、その独特の重心に振り回されてしまいました。

手に馴染んだ剣とはまるで勝手が違います。かといって、慣れた剣とはいえ、藪《やぶ》を払うのに使うのはなんだかはばかられますし、なにより長すぎてよけいに勝手が悪いでしょう。

そうしてなんとか道を切り開いたと思っても、気づいていなかった枝が額に当たり、大したことないと思っていた下草が足を取ります。

私にそういう思いを全然させなかったあの鉈遣いは職人技だったのだなあと遅まきながらに感心してしまいます。

そうやってなんとか進んだ先で適当な場所を見つけ、焚火を熾してなんとか野営の支度を整えました。しかし食事も手をかけるのが億劫《おっくう》で、沸かした湯に堅麺麭《ビスクヴィートィ》と干し肉を放り込み、適当な粥として味気なく終えました。

ひもじい。まったくひもじい。ごはんを食べているのに、こころはひもじい思いでした。舌もお腹も心も満たされません。ただただ焚火に薪をくべるような、それは作業的な食事でした。

お昼を用意する余裕もありませんので、それもまた心を削る思いでした。ようやくありつけた食事がこれとあっては、こころはやせ細って枯れてしまいそうです。

ひもじさのあまりに、実家の食事のあれこれが不意に思い出されて、泣きそうになりました。

雪がとけ、初夏を迎えた今頃であれば、柔らかな緑が野にあふれ、そこらじゅうで山菜を摘むことができたことでしょう。この時期は庭先を歩くだけで、いくらでも食べるものが摘めたものです。

木苺の類はまだ青いでしょうか。甘酸っぱく、色とりどりの宝石のように艶めく木苺たち。あたたかいあたりではそろそろ摘み取れるかもしれません。両手に持ち切れず、服のすそを袋みたいにして、たくさん抱えて持ち帰ったのが懐かしいです。

それに、冬の間を耐え忍んだ獣たちも、そうした自然の恵みを食べてよく肥えはじめるのが初夏という季節です。暖かくなって、腹もくちくなれば、生の営みに励むのも自然の摂理《せつり》ですから、この時期はあまり狩りをすべきではありませんけれど、増えすぎて困る鹿や兎の類は、この時期にもよく食卓に上がったものです。

増えやすいという意味では、兎や穴熊、野鼠、といった小動物は積極的に狩られたものです。いくら狩ってもそこらから生えてくるという程度にたくさんいるものですから。私たち以外にも、狐や鼬《いたち》などにも狙われて、それでも減るということがないのですから、おそるべき繁殖力です。

柔らかな新芽や青々とした草をたっぷりと食べて育った兎肉を思い出して、私は食べながらにもかかわらずお腹が鳴ってしまいました。

秋冬の獣も、冬越えのためにたっぷりと脂を蓄えていて食べ応えがあり、木々も枯れ見通しがよくなり、狩りもしやすいのですけれど、夏の兎はまた別の味わいがあるのです。

ひとつ思い出すたびに、かえって口は重くなり、一口ごとに粥が粘つき重くなるような気さえしました。

それでもまだ火を通してものを食べようとできただけマシな方かもしれません。強行軍の中、堅麺麭《ビスクヴィートィ》を唾液でほぐしながらかじり、干し肉を何分も口の中で噛み続けたという兄の話を思い出してぞっとしました。なまじ味がするだけに、煉瓦と木の皮でもかじっているような食感がひどく堪えたといいます。

あの時はただ旅の話を胸躍らせて聞いていただけでしたけれど、いざ自分が困難の中でその境遇を思えば、決して真似したいとは思えませんでした。

なるたけ柔らかな土の上に毛布を敷いて身を横たえてみれば、全身が疲れているはずなのに、目は爛々《らんらん》と冴えわたってしまい、目を閉じてじっとしていようと思いながら、何度も寝返りを打っては落ち着きませんでした。

木々の葉擦れや風の音など子守唄のようなものだと思っていたのに、見知らぬ森の夜は不安と恐れをささやきかけてきました。どこか遠くでかさりと音がするたびに私は身をこわばらせ、生き物の気配を感じたような気がして何度も周囲を見渡すのでした。

そこらの害獣くらいなら簡単に打ち倒せるという自負がありながら、私は目にも見えず存在すらあやふやな気配に、滑稽《こっけい》にも怯えていたのでした。

自慢の剣をお守りや、あるいはぬいぐるみのようにしっかりと抱きしめてしまって、そんなことではいざというときに引き抜けるわけもないというのに。

そうしてまんじりともせぬまま迎えた三日目の朝は気だるいものでした。

「全然眠れませんでしたね……」

毛布を敷いていたといっても土の上。体はひどくこわばり、節々が痛みます。

実家の寝台の柔らかさなど望むべくもありませんけれど、おつきの女中が用意してくれた寝床は毛布だけなのにあんなにも柔らかかったことを思うと、これもまた私の至らなさが原因です。

革鎧も身体に食い込むようでした。

革と言っても、なめし革のように柔らかなものではありません。詳しい加工方法は私もよく知りませんけれど、叩けばコツコツと音が鳴るほどには硬いのです。

金属鎧と比べれば軽く、しなやかではありますけれど、それでも羽のように軽いわけでも、衣服のようにやすやすと曲がるわけでもありません。使い込めば使い込むほど体に馴染むとは聞きますけれど、いまはただ私の肌に食い込むばかりです。

安全を思えば、寝ている間と言えど脱ぐことはできず、緩める程度。これでは疲れも抜けません。達人ともなれば鎧のまま行軍し、鎧のまま飲み食いし、寝起きしても平然としていると言いますから、私はまだまだその域にはたどりつけないようです。まあ本当かどうかは知りませんけれど。

そうした体の疲れ以上に、こころの疲れが深刻でした。

気が休まらず、焦りばかりが募り、そうしてどんよりとした澱《おり》のようなものが心にたまってしまうと、体までもが重く沈んだようになってしまいます。

心が休めないから元気が出ません。元気が出ないので体はぐったりと重く、身体が重ければ当然力も出ません。力が出なければ、とても、とても、立ち上がれそうにありません。

それでも早いうちから目を覚まして荷物をまとめ、重たい足を動かして歩きます。途中で休憩は多めに入れましたけれど、進み続けることが大切です。

宿もない旅路の中では、一日休息に充ててしまえば回復するかもしれないなどと期待するのは止めた方がいいと、以前聞いたのです。というのは、無茶は禁物で休むことは大事でも、あまり休み過ぎると気持ちの方がなえてしまって、進む気力が保てないからだそうです。

景色が変わらなければ心も切り替わりませんし、ずるずると休み続けてしまうかもしれません。だからこういうときはほんの少しずつでも移動した方がいいのだそうです。

そのときはそんなものなのかなとぼんやり聞いていましたけれど、いざ自分の身でそれを確かめることになると、ああ、まったくそういうことだったのだなと思い知ります。

賢者は歴史に学び、愚者は経験に学ぶといいます。

私はせっかく旅の体験談を聞いていたというのにそれで学ぶところがなく、いまこうして自分で体験してようやく学びを得ているのですから、これは愚者と呼ばれても仕方ありません。

そんな気落ちした心地でしたから、休憩して座り込むたびに、もう二度と立ち上がりたくないという気持ちがじわじわとわいてきて、何度もしかりつけるようにしてようやく立ち上がれました。

そうして歩き出しても、ほとんど変わり映えのしない木々の中では気持ちが奮《ふる》いません。

あの木までは歩こう。あそこを超えたら少し休もう。次はあの木まで。その次はあの木まで歩いていこう。そうやって少しずつでも進み続けることで、よし、ここまで来たんだからあの木まで進もう、その次の木まではもう少しだ、そのようになんとか思えるようになりました。

完全に前向きとは言えず、うつむきがちだったかもしれませんけれど、それでも後ろ向きな考えは、歩くのに集中している間は頭に浮かばなくなりました。

すこしでも進み続けること。この教えは私に幸運を導いてくれたように思います。

というのも、そうやって歩き続けた結果として、昼になる前に私は開けた河原に出られたのでした。

久しぶりに差し込む日差しに目を細め、私はしばし呆然とたたずんでしまいました。

木々が開け、景色が変わった瞬間に、私の鬱屈とした心までもが切り替わり、胸の中にさあっとさわやかな風が吹き込んでくるようでした。

心というものは現金なもので、あれほど疲れ果てていたというのに、いまにも飛び跳ねて回りたくなるように元気が湧いてくるではありませんか。

それでも実際に体にたまった疲労は大きなものでしたから、ひやりと心地よい川水を水筒にくみ、私はここで少しの休息をとりました。

背負い鞄を下ろすと、軽く背を伸ばし、革鎧を身に着けたままでもできる程度の軽い体操をして体をほぐしました。みしみし、ぎしぎし、と体のあちらこちらからさび付いた金物のような音が響いてくるようにさえ思えます。

川のほとりにちょうどよさそうな小ぶりな岩を見つけたので、これ幸いとどっかり腰を下ろしました。せせらぎに耳を傾けてしばし休憩です。

頬をなぜる風は煌めいているようにさえ思え、小鳥のさえずりや木漏れ日の煌めき、葉擦れのささやきさえもが、私を祝福して笑いかけてくれるように感じられました。多幸感と高揚感が頭の中でじんわりと広がりつつあります。

そう、もちろん幻覚です。

疲れた頭が反動で生み出した偽りの高ぶりです。うふふ、あはは、と我知らず笑みさえ零《こぼ》れ落ちてきますけれど、それもまたまやかしの高揚感にすぎません。

しかしそれでも、それは心を健やかに持ち直させ、安らがせる効果がありました。生き物が生きぬくために持つ、自然の生理作用なのでしょう。なので合法的な幻覚ですから、ごあんしんです。

でも心地よさのあまりに眠気が来てしまうのはよろしくないですね。いまここで寝入ってしまっては危険です。冬場のように寝たら死ぬぞということはないでしょうけれど、無防備な姿をさらすのもよろしくありません。

目を覚ますためにも、つめたい川の流れに手を差し入れ、水をすくいあげて顔を洗います。汗と、垢と、脂と、土埃とにまみれた重たい層がひきはがされて落ちていくようです。

とはいえ実際にはそこまでうわ汚ッ。川の流れにあっという間にさらわれていきましたけれど、思ったより土色に水が汚れていましたね。怖ッ。手も汚ッ。

まあ、小娘の一人旅ですからね。あまり小奇麗にしていると野盗や、そうでなくてもふっと魔がさしてしまうこともあるだろうと、あえて若干薄汚れたふうを装ってはいたのです。あえてです。あえて。

疲労その他が重なりすぎたのと、おつきの女中がお手入れしてくれなくなったので、想定以上に薄汚れてしまったのでしょう。あくまで薄です。そういうことにしましょう。二人旅の時はそれさえ許してもらえずいつもピカピカでしたしね。

浪漫、とはまた違いますけど、旅の汚れも旅の魅力と言いますか。まあ若干なんか違うなとは思い始めていますけれど。これもお話と現実の違いですね。

それはそう、というか、お話でもわざわざ汚いところとか、日常的過ぎるところは描写したりしませんからね。風呂とか、用足しとか、あれこれ。

揺れる川面《かわも》に垣間見える自分の姿から目をそらし、気持ち丁寧に手を洗っておきました。

ここまできたらもうちょっとくつろいでもよかろうと、靴をほどきました。汗でじっとりとしめった靴下を脱ぎ、さらさらとした流れに足を浸しました。心地よい冷たさに頬も緩みます。

そうして汗が流れていくと同時に、川の流れは私の足にたまった疲労までをもきれいに流し去ってくれるようでした。疲労その他の見たくない感じのあれやこれやも。下流にはさぞかし毒素が流れていったことでしょう。この先で水汲みたくないですね……。

ついでに靴下を洗い、手拭いを洗い、さっと洗えそうなものを洗い、しぼり、とやっているうちに下流はどんどん汚染されていき、しかして川はすべてを受け入れ、流し去ってくれます。これは幻覚ではなく人類の勝手な願望にすぎませんけれど。

まあでも小娘の軽い、石鹸も使わない手洗い程度でこの規模の川が致命的な被害を受けることはないでしょうから、私はただ川のやさしさに感謝します。これでダメなら獣の解体とか血抜きとかやってる川は残らず血まみれ川とか血みどろ川とかいう名前に改名を要求されることでしょう。

まあ、そうやってさっぱりすると、改めてしめった靴下を履くのにかなり躊躇してしまうのは仕方のないことでした。靴を履き直す時もそれだったので二重にげんなりです。新しい靴下は鞄の底なので探したくありません。

はあ。しかし、欲を言えばこのあたりで野営して英気を養いたいところでした。

水場も近くにあり、視界も開けており、近くを探せば前人の残した焚火の跡も見つかりそうでした。絶好の野営地点と言えそうです。

しかし、まだ日も高く昇らない昼前です。気分が切り替わって元気なうちに距離を稼いでおきたいところです。ここでしっかり休んで英気を養っても、稼げる距離に大差が出ないのであれば行程としてはあまり意味がありません。

たとえここ以上に快適な野営地点がちょうどよく見つからなかったとしても、それは旅の常というものでしょう。いつもいつでも、ちょうどよい場所にちょうどよい機会が待っているわけではないのです。

いや、だからこそいまここにあるちょうどよい野営地点を確保するべきでは、などというささやきが聞こえてきそうですけれど、その誘惑に負けてしまうと、私はここから抜け出せなくなってしまいそうです。

ここにしがみついて離れたくないと思う気持ちを振り払い、私は鞄を背負いなおし、小川を越え、再び森の中へと挑みました。

そうして元気を取り戻した私の足取りを、ひっそりと追いかけるように歩き出した影の存在に、私はまだ気づいていなかったのでした。
その出会いがどんな未来につながるのか、このときは、まだ。

用語解説

・臥龍山脈《がりゅう》
帝国全土に蓋をするように北方に連なる険しい山々。巨大な龍が臥《ふ》したような形であるからとか、数多くの龍が人界に攻め入らんとして屠《ほふ》られ、そのむくろを臥《ふ》して晒《さら》してきたからとか、諸説ある。

・宿場町
街道沿いに一定の間隔を置いて作られた、馬や馬車を休めたり取り替えたり、給餌《きゅうじ》するための施設を宿場という。宿場町はそのまわりにできた町のこと。

・境の森
大陸東北部の森。辺境領と本土を分けるように南北に長く広がる森。

・堅麺麭《ビスクヴィートィ》（biskvitoj）
かたパン。保存がきくよう固く焼しめられたパン、ビスケットの類。非常に硬い。食べるレンガ。

しばらくの間まんじりともせず空を眺めるだけの虚無ゲーに浸ってしまったけど、いつまでもこうしてはいられない。

いや、木とか岩とか眺めるだけのシミュレーターとかいう虚無ゲーが世の中にはあるらしいけど、私にはそういう仙人みたいなプレイは無理だ。

休日の私はだいたい似たような虚無とか思ってしまうが、限界ブラック社畜の休日なんてそんなものだろう。せっかくの休みなんだからふだんできないことをしようとか思っていながら、結局一日中ベッドでスマホいじるだけになる感じのやつ。最後の休日がいつだったか覚えてないけど。

とにかく、ここで漫然と時を過ごしていても、残念ながらこの不親切な世界は次の場所へと誘導する矢印とかは出してくれないのだ。ああいうの出てくるとまずは逆走してみるけど。

一応振り向いてみたけど、別になにもなかった。というかどっちを見ても森でしかないので、差異がないというか。

「とりあえず、状況を変えないと話も進まないな」

などと決意して。

私は深く考えずに森を歩きだしてしまったけど、よい子のみんなは状況がわからない時に無暗に歩き出すのはお勧めしない。

ただでさえ森の中というのは景色に特徴がなく地形を覚えづらいため、普通は半端な目印くらいではすぐに迷ってしまう。唯一の手掛かりである初期位置さえ喪失してしまえばもはや手掛かりはいっ

さい失われる。

森歩きに半端に慣れているものほど陥りがちと聞くが、私などは都会生まれ都会育ちの悪いやつにもいいやつにもだいたい友達がいないコンクリートジャングルに育まれたもやしだ。

この行動はあんまりにも無防備だといってよかった。記憶に関しては問題ないという確信があったとはいえ普通は怒られる。

さて。

あんまりにも無防備に無造作に適当に歩き出した私は、落ち着いたとは思っていてもやっぱりまだ冷静ではなかったようだ。本当に落ち着いていたならば、私はもう少し慎重に考え、慎重に行動し、そして、ああ、まあ、やっぱりどうしようもなくこうなったかもしれないな。

私は自分自身を信用しない。信用できない。

そして世界というものを信用しない。信用できない。

私の二十六年のたいして長くもない人生経験で言うと、この世は悪意に満ちているからだ。

失敗できることはすべからく失敗するようにできているし、そうなってほしくないと願うことはおおむねそうなるようになっている。そんなのはもう、世界そのものが悪意で作られたからとしか思えない。

神は悪趣味なのだ。

だから人間は悪意でできているし、その生きる世界も悪意に浸っている。

私は森の中で、足元を見下ろした。

頼りない木漏れ日しか光源がない中、それでも私の目は暗がりを見通し、詳細に把握することができた。《暗殺者《アサシン》》系統のものは、夜目が利くのかもしれない。

私の足元には、明らかに未確認生物である角の生えた巨大な猪があった。

それは牙を剥いた状態で断頭され、はっきりと絶命していた。

まだ自分が死んだことに気づいていない心臓が、どくんどくんと波打っては、断続的に断面からあたたかな血をほとばしらせていく。赤い液体が広がっていく。血が土にしみ込んでいく。生臭いにおいが広がっていく。それもやがて弱まっていく。死んでいく。死んでいく。死んだ個体の細胞の一つ一つが順繰りに死んでいく。私はそれを見下ろしている。ただ見下ろしている……。

茂みから、彼あるいは彼女としては十分に不意を突いたつもりで仕掛けてきた奇襲を、私の奇妙な感覚の上でははるか以前から気づいていた獣の襲撃を、反射的に振るわれた私の手刀が一刀のもとに切り捨てたのだった。

それは私の思考が追い付かないほどに、あまりにも自然な反射的行動だった。

目の前に飛んできた羽虫を払うように、不意に差し込んだ日差しに手をかざすように、私はそうするのが当然だという意識さえ浮かばないまま、頭の中でかちりとクリックしたのだった。

ゲーム的に。あまりにもゲーム的に。ほとんど生理現象じみた習慣で。

私は敵を見た瞬間、クリックしていた。攻撃を、選択していた。

たぶん以前の私だったら目で見ることさえできないほど鋭く繰り出された手刀は、分厚く鍛えられた空手家の手がビール瓶の首を切るよりもたやすく、それこそ宴会芸よろしくこの獣の首をぞふりと気軽に切り落としたのだった。

あんまりにも何気なく、私は一つの命を奪ったのだった。

いまだ自分が死んだことも理解できないままの頭部がくるくると宙を舞う間に、私は自然な動作で血を払い、断面から血が噴き出るより早く胴体を蹴り飛ばしてどかし、他にはいないかと視線と感覚を巡らせた。

『トロフィーを獲得しました！：モンスターハンター！』

陽気な幻聴が聞こえてくる。

嘲《あざけ》るように、嘲笑うように。

そしてどすんと重たげな音を立てて首が落ちてきて、それでようやくふと我に返った。

返り血一つなく、しかし手にははっきりと血と脂のぬめりを感じる自分を見下ろし、あまりのわけのわからなさに困惑した。

目覚めてからこっち、ひたすらに困惑しっぱなしだった。

驚きに叫べばよかったのだろうか。

声を出して泣き叫べばよかったのだろうか。

わけがわからないと喚き散らし、誰かに助けを求めればよかったのだろうか。

これは夢なんだと必死に願って、安穏《あんのん》とした眠りに戻れることを祈って目をつぶればよかったのだろうか。

「ひ、あ……っ」

しかし半端に冷静になった私の喉元で叫びは押し殺され、涙腺ははるか昔に使い方を忘れ、助けを求める相手など神様にだっていやしない。そして夢でないことはどうしようもなく五感を圧迫する刺激が教えてくれた。

おぞ気の走る身体を抱きしめ、そして抱きしめる自分自身の手が汚らわしく思われ、足元の死体におののき、私は後ずさる。

「ああ、うぁああ……っ！」

少しかじった程度の知識なのだけれど、神道には穢《けが》れの概念がある。不浄なもの、好ましからざるものを穢れとする。死や病、怪我も穢れだ。

そしてこの穢れは伝染するものとされる。たとえば昔の公家《くげ》などは、出勤中に動物が死んでいるのを見かけて、穢れを祓うためにしばらく籠るということもあったようだ。私も出勤したくない時に使いたい言い訳だと思う。

今まで私はこの穢れという概念をそういった文献上の言葉としてしか認識していなかったのだけれども、今回間近で死に立てほやほやの死体を目にするにあたって、穢れというものを体感した。

おそろしいとか、自分のしでかしたことに対する不安とか、そういったものよりも先に、あたたかさを失っていく物言わぬむくろに、そしてそれをなした手に、私が感じたのはただ一つだった。

気持ち悪い。

ただそれだけだった。

それは直前まで生きていたものだった。

そしていままではけがらわしい死体だった。

もし彼あるいは彼女が友好的で、のんびりと鼻先を出してきたりなどしたら、人懐っこい態度など見せてきたら、私はもしかしたらおっかなびっくり撫でてやって、そしてその暖かさや、硬くてちくちくする毛の感触にいちいち驚いたり笑ったりしていたかもしれない。

洗っていない獣のにおいに顔をしかめたり、べろんちょと舐められて汚いなあと手を拭ったかもしれない。あとで丹念に洗うくらいはすると思う。野生動物だし。

しかしそういった出会いは得られなかった。

彼ある或《ある》いは彼女は明確に私を襲うつもりでやってきて、そして私はその敵意に夢現《ゆめうつつ》のような心地で反射的にこれを殺戮《さつりく》していた。ゲームのような気持ちでゲームのように無意味に殺していた。

女としては背が高いとはいえ、どうしても細身な私は、彼あるいは彼女には大した脅威にも見えなかったのだろう。もしかすると《暗殺者《アサシン》》系統はそういった強者の気配を隠蔽《いんぺい》する特徴があったのかもしれない。

いっそおそろしい見た目だったらよかったのだろうか。野生の本能を脅かす威圧感を持っていればよかったのだろうか。そうすればこの悲しい出会いと無残な結末は訪れなかったのだろうか。

いいや。いいや。いいや。きっと別の形で私は最悪を見せつけられたことだろう。

この世界も、きっと悪意に満ちているから。

私はあらためて横たわる死体を眺める、

これでも私は、ゲーム内とはいえ最上位職の最大レベルに到達している中毒者だ。

戦闘は得意ではないし、キャラクター自体も直接戦闘能力度外視で育てたものだけれど、それでも最大レベルのキャラクターの力強さ《ストレングス》は、木立をへし折るだけのものではなく、そこらの獣くらいはまるで脅威にもならぬものだったらしい。

たやすく首をはねられ、こうして横たわる死体は、私にとってはもはや動物とさえ感じられなかった。

たとえその毛皮がどんなに柔らかく心地よかったとしても、絶対に触りたくなかった。

生きている時にはまるで感じられなかったのに、それが死体となった途端《とたん》に、死んでいるのだと頭が理解した途端に、私は不思議とそこに気持ち悪さと汚らしさを感じたのだった。

虫もたかっていない、腐ってもいない、しかしどうしようもない気持ち悪さがそこにあった。

当然、そんな惨状を作り上げた右手は、どうしようもなく汚れていると感じられた。

あまりに素早い切断だったたし、すぐに血を払ったから、一見汚れているようには見えない。

しかし手袋越しにも血と脂のぬめりが感じられ、手袋越しだというのに得体の知れない何かがしみ込んでくるような気さえして、吐き気を覚えた。透明な蛆虫が手のひらでうごめいているようにさえ感じた。

だくだくと流れ落ち、地に染み込み、そして大気に流れていく血の匂いが、拍車をかけた。

私は吐き気をこらえて駆けだした。遠く、川のにおいをたどるように。

川の匂いなど嗅いだことはないけれど、しかしもはや自分の感覚を疑う気にはなれない。それはそういうものなのだ。

薄暗い森の中を真昼のように見通し、苔や下生えで不安定な足元をものともせずに、足音もさせず駆け抜ける身体能力。それを自然に扱える自分に、いったい何を疑えというのだ。

水の流れる音が聞こえてすぐに、木々が開けて澄んだせせらぎに出た。

私はもういてもたってもいられず、すぐに川辺にかがみこみ、川面に映った自分の顔を一瞬垣間見た。亡霊じみて陰気な顔は、青ざめてますます不気味だった。

「う、えぇぇえぇええぇえ……っ」

こみあげてきたものが、川面を乱して、それもすぐに流れて消える。内容物がなかったのだろう、黄色っぽい胃液ばかりがせせらぎを汚す。

『トロフィーを獲得しました！：まあ！ライオン（笑）』

癇に障る陽気な幻聴が、無様な私をあざ笑うように響き渡る。

ふざけている。

本当にふざけている。

一通り吐き出すものもないままにえずいて、胃液さえも出なくなってから、ひやりと冷たい川水で丹念に手を洗った。

革と思しき手袋はまるで水を通さず、そのくせひどく薄くて私に流れる水の感触のいちいちまで伝えてくれた。これも見た目通りの品と思うよりも、まったくのファンタジーな品だと思った方がよさそうだ。

「ファンタジー、ね」

父が死んだときにさえ漠然としか認識できなかった死という概念を、こんなファンタジー世界で生々しく理解させられるとは、思いもしなかった。

ありがちな異世界転生ものだとか異世界転移ものだと、物語の冒頭はもう少し運命的なものだと思うのだけれど、ずいぶんと血なまぐさく陰湿な始まりになってしまったものだ。

異世界転生もので文化や価値観の相違に悩まされるのはよくある展開だが、それよりも以前にこんな洗礼を受ける羽目になるとは。

手を洗い、次いで口をゆすぎ、水気を払って、川辺の大き目な石を選んで腰を下ろした。

ひどく疲れていた。気持ちが沈み込んでいた。このまま消えてしまいたいとさえ強く思った。

そう思った瞬間に、奇妙なことが起こった。

うつむいて視線を下ろした先には、私の膝がある。なぜだかその膝を透かして、椅子代わりに座っている石が見えるのだ。

目の錯覚かと思って何度か目をしばたたかせ、ごしごしとこすってもみたが、それでも変わらず半透明に透けてしまった足を通して向こう側が見える。

それどころか、こすったてのひら自体も半透明で、見下ろせば全身半透明に透けて向こうが見えるのだ。

まさかショックのあまりいつの間にか死んで幽霊にでもなったのだろうか。

まあ生きてる時も幽霊みたいないないてもいなくても変わらないような人生は送ってきたけれど、そういうことでもないだろう。

少なくとも座っている感触はあるし、相変わらず風の匂いや川のせせらぎも感じられる。

ただ透けているだけなのだ。

そのただ透けているのが問題なのだけれど。

どういうことなのかと立ち上がってみると、不思議と今度は透けない。太陽に掌をかざしてみれば、ちゃんと掌の形に影が落ちてくる。うろうろと歩き回ってみるけれどやはり変調はない。

「疲れてるのかな……いや体は全然疲れていないっていうかむしろ肩凝りもないし眼精疲労もなければ眠気もないし過去数年ここまで健康だったことない気がするけど」

二十六歳で腰が痛い肩が凝るっていうと、まだまだ若いでしょって否定から入れられるんだよね。誰基準で話してるんだよ。私の体の話をしてるんであってお前の話をしているのではないのだが。みたいなことになるんだよね。不思議。

まあそんなかつての体とは全然違って、いまのボディはかなりの健康優良体だ。

しかし精神的にはずいぶん疲れた気がする。上司の朝令暮改やまったく理解していないやつ特有の中身のない無意味な指示とか要領を得ない電話対応とかも疲れるが、こうもわけのわからないことが続く疲れは久しぶりだ。

まして、生まれてはじめてこの手で動物を殺した後なのだ。

再び腰を下ろしてため息を吐いてしばらくすると、またもや半透明になる。半透明になるが別にそれで変調があるわけでもないし、害がないならそれいいのかなという気もしてきた。

ここまででたらめなことが続けて起きているのだし、これもファンタジーと思えばいい。ファンタジーに理屈を求めても……いやまて。

そういえばこのファンタジーには理屈があるのだった。

正確に言うと今の私の体のもとになっているだろうゲームにはゲームなりの理屈があった。

それに当てはめてみると、もしかしたらこれは無意識のうちに何かしらの《技能《スキル》》を使っているのかもしれなかった。

ゲームの中では、いわゆる魔法などと同じように、《職業《ジョブ》》ごとにポイントを消費して特殊な攻撃や特殊な行動ができるようになる《技能《スキル》》というものがあった。

私は今自分が使っているものが、《隠身《ハイディング》》という《技能《スキル》》だとあたりをつけた。これは《盗賊《シーフ》》から派生する《暗殺者《アサシン》》系統ならかならず覚えることになるものだ。

これは使用すると一定時間ごとに《SP《スキルポイント》》と呼ばれるポイントを消費して、自分の姿を隠してしまう《技能《スキル》》だ。この《技能《スキル》》を使用している間は基本的に他者から見えなくなり、多くのモンスターから気づかれなくなる。

この効果は感知系の《技能《スキル》》やアイテムを使われるか、何らかの要因でダメージを受けなければ解除されない。近くで攻撃したやつにぶつかるとか、範囲攻撃に巻き込まれるとか、罠を踏んじゃうとかだね。あとは、一部のモンスターは効果を見破ってしまうものもいたか。

こういった《技能《スキル》》には個別に十段階のレベルが設定されていて、レベルを上げれば《技能《スキル》》の威力や効果時間が上昇したり、消費が減ったりする。習熟度みたいな扱いだ。

よーし、とりあえずここで説明したからもう二度と説明しなくていいかなって気分になれるな。一応自分で整理するために思い返してみたけど、すでに完成してるビルドなので、別に変化もしないし。

まあなんだ。この《技能《スキル》》レベルなんだけど、私はこれを最大に上げているため、一度に受けるダメージが最大《ＨＰ《ヒットポイント》》の一割を超えなければ解除されることがないし、座っている時は《ＳＰ《スキルポイント》》消費量が自然回復量より少ないので休憩時によく使っていたものだ。

というより、この《技能《スキル》》を使用している間は移動ができないので、感覚の鈍い敵の目をくらませるか、隠れて休憩するくらいにしか使えないのだ。

逆に言えば敵地でものんびり休憩できるともいえるけど、これはソロだからの話で、仲間と冒険する場合には何の役にも立たない。だって自分にしか使えないからね。

パーティで攻略中に一人だけ姿隠して休憩してたら普通に顰蹙《ひんしゅく》買うと思う。そんな相手も経験もないから想像でもの言ってるけど。

《エンズビル・オンライン》はパーティでの攻略を推奨してるので、ソロ・プレイヤーにはなかなか厳しい難易度なんだよね。

《暗殺者《アサシン》》系統と言えど、ソロでしか使えないこんな初期《技能《スキル》》を最大まで鍛え上げるのはよほどの物好きか、上位《技能《スキル》》取得のために仕方なくという場合が多い。私は前者だ。そもそも隠れられるというその一点だけで私は《暗殺者《アサシン》》系統を選んだのだから。

たとえば、《隠身《ハイディング》》の上位《技能《スキル》》である《隠蓑《クローキング》》を私は使ってみる。

頭の中で強く意識すると、体は自然に動いた。ゲーム内のデフォルメされた小さなエフェクトでしか見たことはなかったが、それと同じように私は透明な外套《マント》を羽織るような動作をする。すると不可視の外套が私の体を覆い、先ほどと同じように体が半透明になる。

見た感じは、あのあれだ。

「魔法学校で見たやつだ……」

イギリスのあのあれ……透明マント感があってちょっとテンションが上がる。透明マントと違って、実際に物質としての外套があるわけじゃないので、実質透明人間なんだろうけど。

この《隠蓑《クローキング》》は《隠身《ハイディング》》とは違い、このまま移動することができる。

《技能《スキル》》レベルが低いときは移動速度も制限されるが、これも最大レベルまで上げている私は何の支障もなく動ける。消費は自然回復量とどんとんで、無駄な戦闘を回避したいときや長距離を移動するときに便利だ。

やはり感知系のスキルで看破されるし、範囲系の攻撃は受けてしまうが、もちろんこちらも一割くらいのダメージを受けなければ解除されない。ただし、移動はできるけれど攻撃したり《技能《スキル》》を使ったりすると解除されてしまう。隠れたまま攻撃とかはできないってこと。

しばらくは危険の回避のためにも、《隠蓑《クローキング》》を常時展開して行動するべきだろう、と私は今後の方針を考える。

それは私の身の安全のことだけでなく、うっかり私を攻撃してきてしまうかもしれない現地生物の安全のためにもだ。

野生動物くらいならたやすく倒せるのはわかったけれどあまり気分のいいものではないし、他に比較例がない以上あれは最低程度の危険とみておいた方がいい。

ありがちな異世界転生展開と甘く見て俺つえーをしてしまうと後が怖い。というかありがちな異世界転生でもある程度は痛い目を見る描写が最近は多いんじゃないかな。テンプレートが成熟すれば逆張りも発展し、新たなスタンダードになっていくのだ。

それになにより常時《隠蓑《クローキング》》は私のふだんのプレイスタイルなので落ち着くのだ。

もともと戦闘したりなんだりが苦手な私が、なんだかんだで長くこのゲームを続けられたのは《隠蓑《クローキング》》

のおかげだった。

それは不意打ちで敵を倒せるからとか、そもそも戦闘を回避できるからとか、そういう理由ももちろんあるけど、そういう理由だけではない。

敵だけでなく、他のプレイヤーにも気づかれることがない、というのが大事だった。

この《エンズビル・オンライン》というゲーム。

最初は人に勧められて始めたのだけれど、正直自分でプレイするより人のプレイを見ている方が好きだった。かといっていつもその人のプレイを横で見られるわけじゃないし、プレイ動画はどうしても展開が限られてしまう。

しかし《隠蓑《クローキング》》で移動して他のパーティーの後をつけたり、ダンジョンにもぐったりすれば、労せずして人様のプレイが拝めるのだ。

私の存在など知りもしない人々が、それぞれのやり方でゲームを楽しみ、交流する姿。そこにはドラマがあった。私にとって生の映画を見ているようなものだった。なんて陰気で悪趣味な観劇なんだ。

しかもパーティーを組んだりしなければ《隠蓑《クローキング》》中の私は誰にも認識されないので、面倒な絡みや勧誘なども無縁でいられる。素敵すぎる。

人間と会話したくなくてゲームに入れ込んでるのに何が悲しゅうて人間と絡まなければならないのか。人間と絡むゲームだが？　などと言われるとぐうの音も出ないが。

いや、実際問題として、どのような形であれ人間同士の交流が存在する場では人間関係が発生するし、それは面倒を運ぶこともしばしばなのだ。

ひとが二人いれば争いがおこるし、三人いれば派閥が生まれる。増えれば増えただけ複雑性を増し、面倒になっていく。

しかもやっかいなことに、こっちが交流したくなくても絡んでくる人間というのはゲーム内にすらいるのだ。

新人だから。古参だから。男性アバターだから。女性アバターだから。同じ《職業《ジョブ》》だから。変わった《職業《ジョブ》》だから。低レベルだから。高レベルだから。理由は何だっていい。ただそこにいたという理由で絡むやつは絡んでくる。

それが騙そうとしてくるような悪意増し増しなやつならまだいいとして、いや別によくはないんだけど、けっこうな頻度で本当の本気に親切心とか交流広めたいからとかいう理由で絡んでくる人がいるんだよ。断りづらいからやめてほしい。断るけど。

SNSなんかとそこは変わらない。いわば私は鍵垢なのだ。

MMOプレイする人間としては甚《はなは》だしく間違っている気もするけれど、世の中には私みたいな、人のこと見てるのは好きでも人に絡まれるのが煩《わずら》わしい人間はいっぱいいるのだ。いるはずだ。きっといる。いると思う。いろ。

ともあれ、だ。

身体能力だけでなく《技能《スキル》》もゲーム準拠で使用できることが判明したのだ。これからの生活もゲーム時代を基準に考えていいかもしれない。

つまり、できるだけ人と絡まず、ストーキングもとい人間観察をしながらのんびり暮らそうということだ。目立たずスローライフってやつだね。

異世界転生者ならやはりスローライフ目指してなんぼだろう。お前絶対おとなしくする気ないだろみたいな目立ちっぷりはしないと誓おう。

せっかく肩凝りも眼精疲労も腰痛も寝不足もレクサプロもない人生に生まれ変われたのだ。今度は、今度こそは、自分のために生きよう。

死んでいるのと変わりのない幽霊みたいな生活だったのだ。

ただ生きていることを続けていただけの日々に未練はない。

だったら、開き直ってもいいじゃないか。

悲観的で厭世《えんせい》的で無意味で無価値な人生を送ってきたのだ。

楽観的で楽天的で無責任で無関係な人生を謳歌《おうか》したっていいじゃないか。

明日も生きていくことに失望しかなくてゲームに逃げ込んだ生活を送るより、明日がどうなるかわからないけど、少なくとも逃げ込めた先のゲームもどきファンタジーで自由気ままにロハスロハススタイルで生きた方がいいに決まっている。

私は決めた。

いま決めた。

誰にも見えない幽霊として生きていこう。

幽霊だから、死んでいこうかな？

朝はぐーぐー遅くまで寝て、気が向いたら起き出そう。

昼はのんびり気が済むまであちこちうろつきまわろう。

夜は誰もが寝静まった町中を、一人気持ちよく歩こう。

満員の通勤電車も人間関係だってないんだ。

会社も仕事も何にも考えなくっていいんだ。

死んだり病気になったりはするかもだけど。

ああ、決めた。

私は決めたぞ。

幽霊は幽霊らしく、生きている人間を草葉の陰から覗いて羨んで笑って弄《いじ》って、そうしてのんびり暮らすのだ。

岩原閏《あけんばらうるう》はこうして幽霊になったのだった。

用語解説

・《技能《スキル》》
SPを消費して使用する特殊な行動。魔法や威力の高い攻撃などの他に、《職業《ジョブ》》ごとに特色のある《技能《スキル》》が存在する。一部のイベントやＭｏｂには特定の《技能《スキル》》がなければ攻略が困難またはまったくできないものも存在する。

・《職業《ジョブ》》
キャラクターを育てていく上でどのようなスタイルにするかを決定する要素。《職業《ジョブ》》ごとに得意なことや使用できる《技能《スキル》》が異なり、その《職業《ジョブ》》でなければ利用できないプレイスタイルも多い。

・《隠身《ハイディング》》
《盗賊《シーフ》》が覚えることのできる《技能《スキル》》。使用すると姿を隠すことができるが、移動はできない。隠蔽看破魔法や一部のＭｏｂには見破られて無効化される。ダメージを受けることでも解除される。

レベルを上げていくことでＳＰの消費量は減るが、あまり使える《技能《スキル》》でもないので育てるプレイヤーは少ない。

『死体のように息を潜めろ。本当の死体になる前に』

・《隠蓑《クローキング》》
《隠身《ハイディング》》の上位スキル。《暗殺者《アサシン》》が《隠身《ハイディング》》を一定レベルまで上げると取得可能。姿を隠したまま移動できる。ただし低レベルでは移動速度が遅く、実用に足るレベルまで上げるのは苦労する。また使用中に攻撃を仕掛けると自動で解除されてしまう。

『アレドの殺し屋は孤独なものだ。仕事の時も休みの時も、死んだあとさえ誰にも見つからないのだから』

・レクサプロ
選択的セロトニン再取り込み阻害薬。一日一回夕食後に服用。副作用に口渇《こうかつ》感、吐き気、眠気などがある。慣れるまでは胃薬を一緒に処方されることが多い。

・ロハスロハススタイル
ＬＯＨＡＳ（ｌｉｆｅｓｔｙｌｅｓ ｏｆ ｈｅａｌｔｈ ａｎｄ ｓｕｓｔａｉｎａｂｉｌｉｔｙ）、つまり健康で持続可能であることを重視する生活スタイル。閨の場合「健康と環境を志向するライフスタイル」と日本的に認識しており、スローライフ、健康、癒しなどを念頭に置いていると思われる。

第四話　白百合と角猪鍋

川向の森はいくらか歩きやすくなっていました。

木々がいくらか疎《まば》らになって、下草も足を取るほどではありません。たまに鉈で軽く払うだけで済みそうです。

日差しも少しだけ多く入るようで、まだ薄暗くはあるものの、ずっと歩きやすいです。

ただ、木々が疎らということは、それだけ大型の動物が移動しやすいということでもあります。

木肌に残る傷や、下草の具合から、うかつに獣の縄張りに入ってしまわないように気を付けながら、私は道を急ぎました。

そしてしばらく歩いて、私は警戒していた通りに大型の獣と遭遇しました。

正確には、そのむくろと。

道をふさぐように角猪《コルナブロ》の巨体が横たわり、いまにも襲いかからんとするように牙をむき出しにした頭が、そのすぐ横にずっしりと転がっているのです。

杭のごとき牙は私の広げた手のひらよりも長く、角の長さは私の肘から指先程もあるでしょう。体高も、私の背丈に迫るほどですから、それなりに長く生きた個体だったようです。

角猪《コルナブロ》は魔獣ではありませんけれど、半端な矢を通さない丈夫な毛皮に力強い体を持ち、年へたものともなれば知恵も働き、生半な魔獣よりも手ごわい獣です。私ひとりでは若い個体ならなんとか危なげなく倒せるくらいでしょう。

それを。

こんなに大きく育った角猪《コルナブロ》を、おそらくは一太刀で倒してしまうというのはまったく尋常《じんじょう》の技ではありませんでした。

そっと近づいて傷口を見てみましたけれど、鋭利な刃物で切り裂いたというよりは、引きちぎりでもしたかのような荒々しい傷口です。

心臓が止まって血はすっかり止まっているようでしたけれど、足元の血だまりはまだ乾いてもおらず、おそらく自分が死んだことにすら気づかず何度も脈打っては自ら血を絞ったかのように思えます。

また、その断面からはまだ血がにじみ出ていますし、触れてみれば体温を残していますから、死んでそれほどはたっていないのでしょう。

私は悩みました。

人であれ魔獣であれ、年経た角猪《コルナブロ》をこれほどたやすく屠《ほふ》ってしまえる存在がこの近くにいること。

そしてその存在は、肉を採るでもなく、貴重な素材を採るでもなく、このようにただ放置しているということ。

これはまったく不思議なことでした。

簡単に倒せるということは、素材にそれほど興味がなく、ただ立ちはだかったから邪魔ものとして退けた、ということなのでしょうか。

それほどの猛者であれば、殺さずとも追い払うことはたやすいようにも思われますけれど、それが面倒に思われたのでしょうか。

それとも素材を採る準備がなく、いったん引き返したのでしょうか。

うーん。わかりません。本当に謎です。

そしてまたもう一つのことで悩みました。

それというのも、この角猪《コルナプロ》から素材や肉を取っていっても大丈夫だろうかということでした。

いえ、いえ、欲深いことだなんてどうかおっしゃらないでください。

旅をするということはそれだけで路銀を消費し続ける一大消費活動なのです。ただ歩いて目的地に向かうだけでは、何の生産性もありません。

だからこそ人はただの移動に付加価値をもたらすために、旅の間にあれこれと金策を考えるのです。たとえば商人であれば、ある町まで商いに行って、商品のことごとくを売りつくしたとしても、その売り上げを抱えてほくほく顔でただ帰ってくることなどしないでしょう。きっと新たに商品を買い集めて荷馬車に積み、次の商いを考えながら復路をいくことでしょう。

商いを考えない私のような旅人でも、路銀のことを考えれば、道々に何か売れるものを見つけたならば、それを手にすることを考えないではいられないのです。というか考えなくてはいけないのです。

ということを私は教えられてきました。旅の先達たる兄に、そしておつきの女中に。

お金って、使うと減るんですよね。

実家ではあまり考えたことがありませんでしたけれど、何かを買うにも何かをしてもらうにもお金が必要で、そしてお金は使ったならば稼がなければ増えることはないのです。

目的地までたどり着けばお金の問題はどうにかなる、ということでもなければ、稼ぎは死活問題なのですね。

そして商人でもない私が路銀を得ようと思えば、換金性の高い素材なんかを道々で摘んだり狩ったり拾ったりしていく必要がある、とそういうわけなんですよ。

そして角猪《コルナプロ》はまさに換金性の高い素材の塊なわけです。

狩るという労力を払わずにそれが手に入るのであれば、ぜひとも手にしていきたいわけですよ。

角猪《コルナプロ》の角は年へるごとに太く長く成長するのですけれど、これは武器の材料にもなりますし、また薬や香辛料の材料にもなり、これほど立派なものであればさぞ高値で売れるものと思われました。

また傷もないですから、装飾品や、部屋を彩る鑑賞物にも仕立てられるでしょう。

毛皮も、一太刀で首を落としただろうために傷もなく、うまくはぎ取ればかなり大きな一枚皮が取れるのも魅力的です。

まあ、猪の毛皮は豚のそれとは違って天然の鎧と言っていいものですから、肌触りはよくないですし、なめすのも大変です。耐久性は高いので、荒っぽく使うものには向いているといえばむいていますけれど。

とはいえこの巨体ですと、皮をはぐだけでも時間もとられ、洗浄して、処理するのも手間です。畳んだとしてもけっこうな荷物にもなります。

まあそれでも、自力での加工をあきらめて、腐らないうちにさっさと森を抜けてしまえば、十分苦労に見合うだけのお金に変わるのは間違いありません。毛皮の需要はなくなりませんし。

ただまあ、やはり狩猟を専門とする狩人としてのうまみであって、私のように旅をしながらだと優先度が低くなってしまうのは確かです。路銀も稼ぎたいですけれど、剥ぎ取りに時間がかかってよけいに出費となってしまっては本末転倒ですからね。

一日ごとにいくら失われるか、手に入れた素材の売却額はそれに見合うか、そのあたりの計算はざっくりとでもできないと損するばかりですね。

そして素材と言えばなにより、お肉です。

しっかりとした血抜きをしていませんけれど、まだほかほかと温かく新鮮な角猪《コルナプロ》です。よけいな傷もなく、傷口が汚れているということもありません。近くに川もありますし、急いで処理すれば美味しく食べられるかもしれません。

角猪《コルナプロ》の肉は独特の獣臭さはありますけれど、しっかりと血抜きをすれば野趣として楽しめますし、胡桃味噌《ヌクソ・パースト》でじっくり煮込んでやると、煮込んでやっただけ柔らかくなり、甘みのある胡桃味噌《ヌクソ・パースト》の味がしみ込んで、噛むたびにジワリと溢れてくるのです。

また分厚い脂が上質で、ぶりぶりとした強い歯応えと、噛み締めた時にじゅわりと染み出すあまい脂は獣脂だというのに実にさっぱりとした後味で、舌に重いということがないのです。

それに、とても贅沢《ぜいたく》なことですけれど、角を削って振りかけるとぴりりとした刺激のある辛みが加わり、得も言われぬ風味となるのです。

バラ肉が特に柔らかく胡桃味噌《ヌクソ・パースト》の鍋に合うと思いますけれど、腿肉や肩肉を塊肉のまま炙り焼き《ロスタージョ》にするのもたまりません。時間も薪も必要ですけれど、それに見合った肉汁たっぷりのお肉が楽しめます。

じゅるり。

おっと、冒険心があふれ出てしまいました。

懐かしいですねえ。よく冬の狩りについていっては食べたものです。というかそういうの目当てでついていったようなものです。

獣肉全般の話として、狩った直後より熟成させた方がやっぱりおいしいんですけれど、それはそれと言いますか、やはり食べるまでが狩りの醍醐味というか、その場の流れでいただくお肉のおいしさといったら！

初夏の獣は新芽や春の恵みを食べて健やかに育ちますけれど、かならずしもこの時期の獣が一番おいしいというわけではありません。角猪《コルナプロ》のうまみと言ったらやはり脂ですから、その脂がよく肥える秋から春にかけてが旬と言っていいでしょう。

見た感じ、この個体も冬場のものに比べてやはり痩せていますし、脂も少ないですから、最上のお肉とは言えないかもしれません。

しかしこれほど立派な個体です、まずいということはまあまずないでしょう。

じゅるじゅるり。

おっと。いけませんね。

冒険心がこらえきれません。

路銀の節約のためにもあまりいいお肉は食べられませんでしたし、ここらでおいしいお肉もとい良質な栄養源を確保して体力を回復させたいところです。

しかしこれだけの巨体を川まで運んですべて一人で処理するのは本当に大変です。謎の狩猟者も、たぶんそれであきらめたという可能性があるでしょう。

でもまあ、運ぶだけならできるんですよ、私は。

私はまだ成人したばかりというだけでなく、同じ年ごろと比べても小柄なほうですけれど、生まれつき恩恵がとても強い体質でしたから。

恩恵、つまり魔力の恩恵のことです。普通に市井《しせい》で暮らしている分には知らないまま生きていくものも多いですけれど、よく体を動かすものにとっては大事な素養です。

騎士や兵士などは訓練の一環として恩恵について学ぶとも聞きます。貴族にとっては教養の一つと言ってもいいでしょう。

また平民でも、学がなくとも、例えば狩人や冒険屋、荷役などのように体を使うものは、はっきりした理屈はわからなくても身体で恩恵を感じることもあると聞きます。

この恩恵は基本的には生まれついてのもので、訓練次第では大きく伸ばすこともできると聞きますけれど、その程度は個人差が大きいようです。

その種類も、私のように単純に腕力や体力が高まるものもいれば、目や耳がとてもよかったり、勘が鋭かったりといった感覚面での強化もあると聞きます。

だいたいは体が大きく、よく鍛えているものは恩恵も大きい傾向にあるそうですけれど、私のように小柄でも、恩恵のおかげで見た目以上に強い力を発揮するものは少なくないそうです。だから見た目だけでは強さというものは簡単には見抜けないんですね。

恩恵が強いものは特に戦うことを生業とするうえでは大成しやすいですけれど、かならずしもそうなるとは限りません。

恩恵が弱くとも大成するものは大成しますし、恩恵が強くともうまく扱えないものもいます。おそろしく恩恵が強いことに一生気づかないままのものもいるとか。

私のように体が小さいのに力が強いというのは、筋肉の太さに依存せず、つまり自分の体重を支える負荷が少ない分が有利ともいえますし、逆にいくら力が強くても目方が足りないので簡単にひっくり返されてしまうこともあるので、恩恵がすべてというわけでもありませんね。

また、強い恩恵をもって生まれたものは天然魔術師と呼ばれることもあるように、魔力が強いということは、肉体を強化する方向だけでなく、魔法を扱う方向に伸びることもあるようです。

逆に言えば、魔法使い側から見ると恩恵というものは魔力に恵まれた魔法使いの素質なわけですね。彼らに言わせれば優れた身体能力は、身体強化魔法とでもいうべき状態なのだとか。

幼い子どもの周囲でものが勝手に動いたり、不審火があったり、妙な風が吹いたりといった異変があって、それから素質を見出されて魔法使いの弟子になる、なんていうおとぎ話みたいなのは現代でもたまに聞く話ですね。

私なんかが幼いころに力加減が難しくてものとか人とか壊して困ったように、魔法方面に才能がある子は勝手に魔法が発動して周囲に被害が出るということもありますから、幼いころは周囲も本人も気を付けなければなりませんね。

恩恵に理解のある人が早めに気づいて、指導してあげられる環境があるのが一番です。

ちなみにですけれど、恩恵としての体力と魔法、どちらも伸ばしたい、というのは難しいようです。誰しも考えるところですけれど、誰しもができるのでしたら世間は魔法剣士だらけになっているわけで、そうなっていないのがまあ答えというものでしょう。

まったくいないわけではない、というのが、世の中の怖いところですね。単なる恩恵以上に、才能の世界と言っていいでしょう。

私も御多分《ごたぶん》に漏れず、魔法・魔術はあまり得手《えて》ではありません。

魔法の力のこもった装備があれば何とかといった具合です。でも逆に、そういう装備があれば、あり余る魔力に任せて無理もきくというものです。

いま私が身に帯びている装備にもそういった細工がしてあって、いざというときには魔法のまねごともできなくはないのです。咄嗟《とっさ》にできるとは言いませんけれど。

そんなわけでして。

えーと。

なんでしたっけ。

あのあれ。なんじゃもんじゃ。

そうそう、運ぶだけならできる、という話でしたね。

引きずってしまうとはいえ、担ぎあげられますから、運ぶまでは力任せでどうにでもなります。

しかし、その後は時間のかかる作業です。血抜きするのも、皮をはぐのも、内臓を抜くのも、肉をばらすのも、力だけでなく技術と根気がいるものです。これだけ大きな獲物ではとても一人ではできそうにありません。

本来これは狩猟を専門として、それを稼ぎとしている狩人が腰を据えてかかる仕事であって、旅のついでに気軽にこなすにはちょっと準備が足りなすぎますね。

ただでさえ苦労している旅路です。あまり時間を取りたくありません。

それに解体してもすべてを持っていくだけの余裕もありません。馬力はあっても、単純にかさばるので運べず、無理なのです。

いくら力があっても、小柄な私では持て余してしまうんですね。

というかそもそも猪一頭なんていうのはひとりで解体したり運んだりするものではありません。

まあそもそも論でいうと大した準備もなくひとりで旅するなんてのは阿呆の極みですね。

その阿呆の極みが私なんですけれど。はい。

それに一番怖いのは、この角猪《コルナプロ》を仕留めた何者かが戻ってきてしまうことです。

肉も食べていませんし魔獣ではないでしょうけれど、人であったら人であったで、今度は盗人扱いされると困ります。

狩人であれ冒険屋であれ、あるいは貴族の手であれ、狩猟においては最初に傷をつけたものの獲物です。横取りは褒められたことではないのです。

たまたま同じ獲物を同時に狙ってしまったときでも、どちらの矢が先であったかなどでもめるのです。実家の方でもたまにそれで決闘騒ぎとかに発展することもありましたね。直接生計にかかわる狩人なんかだと、そのあたりは譲り合いなどありえません。

この角猪《コルナブロ》はその点、はっきりと仕留めてあるのですから、後先などの言い分も通用しません。

どう見てもこれが一番傷で、致命傷です。

これがただこの場を一時的に離れているだけなのか、それともすっかり放置してしまっているのか、どちらにしてもお行儀のよいことではありませんからケチをつけようと思えば付けられるのですけれど、それで喧嘩になってはよくありません。

これほどの手練《てだれ》を相手に無事で済む自信はありませんからね。

無事で済むなら因縁をつけて喧嘩してもいいというのはお行儀が悪いですのでおすすめしません。自分の領地でだけにしましょう。

「………フムン。どうしましょうか」

仮に、仮にですよ。

仮に私がこの大きさの角猪《コルナブロ》を相手したとして、たぶん、勝てるは勝てます。

私が剣を構えていて、よーいどんで対決したのなら、たぶん倒せます。

細かく動き回って、たくさん傷をつけて、弱ったところでぐさりという形になるでしょう。でも無傷とはいきません。何回かは手痛い反撃も食らうでしょう。

恩恵がなければ一撃でぺしゃんこになるところですけれど、恩恵は身体の頑健さにも影響してくるんですね。私は軽いのでうかつな真似をすると跳ね飛ばされてしまうでしょうけれど、きちんと地面に足をつけて構えれば、正面衝突でももしかしたらなんとかなるかもしれません。

ただ、気の張り方次第で強弱が変わってきますから、受けるときはちゃんと気合い入れましょうね。油断してると平らにされてしまいます。

ただ、いっとき受け止めるだけならともかく、やっぱり相撲となるともっと厳しいですね。

力なら負けないとは言いたいですけれど、なにしろ体高が私に迫るほど。

小柄な私と比べると数字の上では小さく感じてしまうかもしれませんけれど、あくまでそれは地面から肩までの高さのお話で、それでも四呎《フートイ》とすこしはあるでしょう。その高さで、どっしりした胴体が後ろに続いています。

となると目方は五百、いえ六百听《フーントイ》はあるかもしれません。

これは私七人分弱くらいありますから、腕力がどうとかいう問題ではない体重差です。数字にすると深刻さが増しますね。正面衝突は無理かもしれません。手のひらぐるんぐるんです。

当然、そんな相手を時間をかけて弱らせようなどと考えれば、数時間は確実に拘束されることになります。そんなに動き続けたら、さしもの私も体力をすっかり使い果たして、翌日は休みにあてないといけないかもしれません。

この大きな角猪《コルナプロ》を相手にするというのは、それくらい危険なことというわけで、普通なら罠を張ったり、何人かで組んで計画的に追い詰めて、弓などで遠間から仕留めるものなんですね。実家の方では、毒とか使うかもしれません。

それを、一撃。

地面が荒れていないあたり、おそらく出合い頭の一撃で、太い首を毛皮も筋肉も骨もまとめて切断しています。万事整えた据物斬りでも、なかなか見ない両断ぶり。それも切れ味の悪い刃物か、下手をすれば素手……。

「んにににに………」

私の中で、危険だという理性的な判断と、お腹減ったお肉食べたいという本能的な欲求が天秤を激しく揺らしあいます。やや本能有利。

そして最終的に、本能がおいしいお肉を食べれば元気が出てさっさとこの場から離れられるという希望をちらつかせ、理性が作業を最小限に済ませればそそくさと逃げられるだろうという妥協案を提示して見事手を取り合って和解。

私は解体用の小刀を取り出して今日のご飯分だけいただくことにしました。

「今日の分だけ……いっぱい食べる子基準で今日の分だけ……」

ああ、言わないで。

これは盗むのではありません。

このまま腐らせてはもったいないですし、えーとあとむくろを見かけて放置するのも哀れだけど余裕もないのでその身の一部を食べて供養としますという感じでよろしくお願いします。よし。

まあ食べて供養っていうのもどんな理屈だって気もしますけれど。

私はさっそく腹のあたりの肉を小刀でできるだけ手早く切り取りました。

肋骨に近いので肋肉《バラ》とか、脂と肉が三層に重なってるので三枚肉とか呼ばれる部位ですね。比較的柔らかい部位なので他よりいくらか切り取りやすく、また脂身が多いので長く煮込んでもおいしくいただけます。もちろんうま味も濃厚。

まあ、いくらか切り取りやすいとは言っても、角猪《コルナプロ》の毛皮はとても丈夫で、脂肪は分厚く、肉もみっちりと身が詰まっていて簡単な仕事ではありませんでしたけれど、お肉への執念と鍛えた腕力にものを言わせてなんとか今晩の分を確保しました。

だいぶ荒々しい感じに抉《えぐ》り取った形ですが、まあ煮込めば食べられるでしょう。

小刀を水筒の水で洗い、拭って鞘に納め、それから少し考えて、手斧を抜いて角も折り取って持っていくことにしました。

こちらも頑丈で少し手間取りましたけれど、重量や大きさのわりに値が張りますし、肉や毛皮と違って腐るということがないので、換金用に是非とも持っていきたいのでした。

それにお肉はともかく、これなら返却を求められてもすぐに渡せます。お肉はすぐ胃に入るので返せません。

素材を革袋に手早くしまい、私は片膝をついて指を内側に組み、境界の神プルプラにこの出会いと縁に感謝の祈りを捧げました。

そしてついでに、勝手にとっていきますけど許してねと誰にともなく許しも乞うておきました。

そそくさとその場を後にし、十分な距離を稼いだあたりで、私は手早く野営の準備を始めました。

途中で十分枯れ枝も拾えましたし、手頃な石もすぐに見つかったので竈《かまど》も組めました。

これも神の思し召しでしょうか。

まあたぶんご飯食べたさに私がいつも以上に頑張ったせいだと思いますけれど。まだ食べていないのに、すでにして川で休んだ時以上の気力の回復を感じます。

私は竈に火を熾して鍋を置き、水を注いで適当な大きさに切った角猪《コルナプロ》の肉を放り込みました。水から炊いた方が、灰汁《あく》は出ますが柔らかくなるのです。

鍋が沸くまでの間に少しあたりを歩いて、いくつか香草を集めました。干したものはいつも持ち歩いていますけれど、やはり生の方がよい香りがするものが多いですし、なにより地物の方が、この地で採れた肉とは合うことでしょう。

香草を加えてしばし煮込み、灰汁を取り取り、その間に装備の手入れをします。

小刀はいろいろな用途で使いますから欠かせませんし、剣もいざというとき使えないのでは困りますから毎日の手入れが大事です。

また革鎧や革靴も、革は呼吸するなどというように、これは生き物と考えて手入れした方が長持ちしますし、よく体に馴染みます。

本当ならば靴などは予備を用意して交代で休ませたいですけれど、旅装にそこまでの余裕はありませんでしたから、よく磨いて油を塗りこみ、破れや解《ほつ》れがないか改める程度です。

連れがいるなら、鎧を外したり、服を脱いで汚れを拭ったりもできるのですが、さすがに一人旅ではそんな余裕もありません。軽く緩めるくらいが限度です。

まあ、などと知ったような口で語りましたけれど、これもおつきの女中がしてくれていたことなので、偉そうにはできませんね。

なんならおつきの女中がいた時は上げ膳下げ膳の上に食後には体をもみほぐしてもらったりしてましたし。いや、本当にダメになるやつでした……。

そうこうしているうちに肉もよく煮えてきましたので、乾燥野菜を加えてさらに煮込み、胡桃味噌《ヌクソ・パースト》を加えて味を調えます。

欲を言えば角猪《コルナプロ》の角を加えたいところですが、これは換金予定なので諦めます。

味が調《ととの》ったら、少し火から離してゆっくりと味を染み込ませ、細かく砕いた堅麺麭《ビスクヴィートィ》でとろみをつけて、完成です。

角猪《コルナプロ》のお肉はおいしいのですけれど、柔らかくなるまで煮込むとやはり時間がかかるのが難点ですね。途中で何度か薪の追加を拾いに行かなければなりませんでした。その価値は十分にありましたけれど。

うーん、昨日までの私が見たら正気を疑いそうな労力ですね。

連れがいれば椀に分けて食べますけれど、今は一人です。

一人旅で、一人ごはんです。

すこしお行儀が悪いですけれど、温かなお鍋に直接匙《さじ》を入れて食べることができる、この醍醐味はたまりません。洗い物も減らせますしこれは合理的なのです。

なんて、内心ちょっぴり盛り上がります。

んふふ。ちょっとやってみたかったんですよね。

「あむ……んふふ、むぐ、んぐ」

ごろごろと大きめに切った角猪《コルナブロ》のお肉は、煮込み時間がやっぱりちょっと短かったので少し硬かったですけれど、ぎむぎむとした歯応えはお肉食べているなという満足感を与えてくれます。

香草もうまい具合に香りをつけてくれて、角猪《コルナブロ》の角には負けますけれど、ほどよくきいています。香草というものはなければないでまあどうとでもなるといえばどうとでもなるのですけれど、やはりあった方が格段に仕上がりがよくなります。

腹の足しになるようなものでもない小さな葉っぱや茎、種みたいなものが、どうしたものか料理全体に影響を与えるほどの大きな力を持っているのですから、侮《あなど》れません。

特に臭みけしとしての効力は欠かせないものです。

野の獣は、というか生き物のお肉というものは、基本的ににおいがするものなんですよね。きれいに血抜きして、適切な保存をしても、肉自体にそれぞれの動物の、それぞれの個体のにおいがします。

臭いのが好きと言う人も、慣れているから好ましく感じるだけで、慣れない肉には難色を示したりすることもあるものです。それも味わいのうちと言うのも一つの楽しみ。そしてまたさまざまな手法で消したり変えたりするのもまた一つの楽しみです。

まあ私は食べ物で苦手と感じるものはあんまりありませんけれど。なんでも食べます。

「むぐ、むぐ、むぐ……ほふ」

脂身は少しごりごりとしますけれど、しっかり力を込めて奥歯で噛むと、ぶりんぶりんと切れて、じゅわじゅわとたっぷりの脂が染み出ます。この脂が、おいしいんですね。豚にしろ猪にしろ、この脂のおいしさがお肉自体のおいしさに大きく影響してきますね。

野の獣はふだん食べているものや年齢、季節によって大きく味が変わってくるものですけれど、この角猪《コルナブロ》は当たりでした。脂が甘く、しかしてくどくもない。肉質も力強く満足度が高いですね、乾燥野菜もたっぷり煮汁を吸って膨らみ、じゃきざく、ほろほろと口の中で崩れてはほんのり甘く広がっていきます。お肉ばかりで少し重たくなった頃に心地よいです。

胡桃味噌《ヌクソ・パースト》を溶いた煮汁は、溶かした堅麺麭《ビスクヴィートィ》でとろりととろみがついて、甘味と塩味の加減もちょうどよく、体が温まります。

このまま全部食べてしまいたいですけれど、せっかくのお肉を一度でたいらげてしまうのはもったいなく感じます。

私は半分ほどいただいて、もう一沸かしさせた後、火からおろしてふたを閉め、厚手の毛布でくるみました。こうすると中に熱がこもって、じんわりと具材に熱を通してくれるのです。これで明日の朝はもっと柔らかくなってくれることでしょう。

時と場合よってはこの手法だと腐れてしまうこともあるので、そのあたりは自己責任です。少なくとも軽く一晩以上はやめた方がいいです。経験上。

明日の朝餉《あさげ》を楽しみに、私は剣を抱いて外套にくるまり、具合のよさそうな木に背中を預けます。薪は多めに用意しましたし、朝までに二度か三度起きて火にくべてやればよさそうです。

お腹の中と、焚火の火と、二つの暖かさに包まれて私は眠りに落ちました。

昨夜と同じような硬い寝床だというのに、私の心は現金にもすっかり落ち着きを取り戻し、安らかな眠気に心地よく身を任せることができたのでした。

用語解説

・角猪《コルナプロ》（Kornapro）

ツノイノシシ。猪の一種。森林地帯に広く生息する毛獣。額から金属質を含む角が生えており、年をへるごとに長く太く、そして強く育つ。森のそばでは民家まで下りてきて畑を荒らしたりする害獣。食性は草食に近い雑食だが、縄張り内に踏み入ったものには獰猛《どうもう》に襲いかかる。

・恩恵

生き物が自然に持ち合わせる魔力によって身体能力などに補正がかかること。達人と呼ばれる者たちはこの補正が極めて大きく、見た目通りとは言えない能力を持つことが少なくない。厳密には魔法・魔術ではなく、魔獣ではない動植物も持つ。

・呎《フート》／听《フーント》（Futo/Funto）

それぞれ現地の慣用単位系の長さ・質量の単位。一呎《フート》は三百四・八ミリメートル、一听《フーント》は厳密に〇・四五三五九二三七キログラムに相当する。近年では、公的には交易単位系の使用が定められているが、民間では古くからの慣用単位系がいまも幅を利かせている。

ところでヤード・ポンド法は滅ぼされねばならない。

『えっこのフォントサイズ指定のポイントって七十二分の一インチなんですか？　どっから出て

きたその数字』

・境界の神プルプラ（Purpura）

山や川などの土地の境、また男や女、右や左など、あらゆる境界をつかさどる天津神。他の神と比べていちじるしく祈りや願いに応えやすいが、面白がって事態を悪化させることも多々ある。混沌の神、混乱の神とも。北東の辺境領に信者が多く、他地方では邪神扱いされることも。千の貌《かお》を持つとされ、見るものにより、また時によってその姿を変えるという。しかしそれを認識することは難しく、違和感から真相に至ったものはこころの均衡を失うと伝わる。

・胡桃味噌《ヌクソ・パースト》（Nukso pasto）

クルミミソ。本邦における胡桃等と味噌を混ぜ合わせたものとは異なる。

胡桃等を砕いて練り、塩などを加えて発酵させた食品・調味料。甘味とコクがあり、脂質も豊富で北国では重要なエネルギー源でもある。

第五話　亡霊と白百合

さてと。

それでは。

改めまして。

私は新たな人生を幽霊として人様のあとをストーキングして回りながらのんびり過ごすというろくでもない決意をキメたのだったけれど、問題はここがどことも知れない森の中ということだった。

先ほどから見る生き物と言えば、悪魔超人も真っ青のギロチンチョップでまさしく出会ったばかりの頭を出合い頭にすっぱり大切断してしまった角の生えた猪や、何やら雅《みやび》な鳴き声を上げる鳥、それにせせらぎにちらほら見える魚くらいだ。

一応《エンズビル・オンライン》で見かけた生き物とは違うなということは確認できたけど、いまさらと言えばいまさらではある。

興味深くはあるけれど、私は別に生物の観察は趣味でも何でもない。多少好奇心をくすぐられないことはないけど、一日魚を眺めて過ごす自信はない。

小動物や魚なんかは見ていて癒されないわけでもないけれど、いくら何でも日がな一日無為に眺めて過ごすというのも退屈だ。生産性がない生活を送る気ではいるけれど、そこまでなにもしないのは幽霊どころか死体と変わりない。

まあ世の中には一日中水族館でクラゲを眺めて過ごせるという人もいるらしいから、死体というと言い過ぎか。結局はそこに価値を見いだせるかどうかだろう。私は見いだせない。

それにしても、川か。まあ川があってよかった。

川が流れているのだから、最悪川沿いに歩き続ければどこかに出るだろう。

問題は、かならずしもそのどこかが人里に近いとは限らないことだ。日本だって、川は多いけど、山も多いから、国土面積に対して実際に人間が住める範囲はわりと狭い。

住み着くだけなら山にも住めるけど、多くの人間が生きて食べていくには多くの耕地面積が求められるから、やはり平地か、山を拓《ひら》くかとなる。と思う。知らんけど。

よくあるファンタジー系のライトノベル的世界観なら、むしろ人類の生活圏はかなり狭いといっていいだろう。中世くらいの、ナーロッパとか揶揄《やゆ》されるやつ。モンスターとかそういうもののせいだけじゃなく、そもそもの人口と耕地面積の問題として。

人類の自然破壊の最たるものは農業だなんて言われるくらいに、人類って農業によってアホほど殖《ふ》えたんだけど、逆に言うと広大な耕地面積を確保できないと人口を維持できないんだよね。

しかもその広大な耕地面積も、肥料や水が十分にあるという前提だ。

ほら、あの、みんな大好きハーバー・ボッシュ法ね。いわゆる「空気からパンを作る」ってやつ。みんなもご存じのように、この呪文を唱えるとナーロッパではじゃがいもがたくさん採れるんだ。怒られそうだからやめとこうか。

まあ、みんなこぞって取り上げるくらいにはすごい発明だったんだよ。食糧不足が懸念《けねん》されていた当時から、現在に至る人口爆発を支えた技術だからね。

まあその超技術を使っても、結局土地と水が足りないっていうのは今なお解決できてないんだ。

ごはんを手に入れるだけでも土地がいる上に、家も建てなきゃいけないし、燃料として薪も燃やさなきゃいけない。

なので開拓が大事になる。

人類が着々と増加していった背景では、着々と森が拓かれ、着々と山が削られ、着々と農地が広がっていった。里山っていうのは自然があるように見えても実際には木を伐って森を開いて無理やり平地を拡大させて耕地にしちゃってるんだよね。

現代都会住まいの私は森と言うとちょっと遠出しないといけない印象があるけど、そこだって何百年かさかのぼれば森の中だったというのもざらだ。山もそう。杉ばっかり生えてる山とかは、あれは多くは植林したものであって、完全な自然環境下では雑多な樹木が混生していることだろう。

実際、この森は多種多様な木々が見られる。つまり手が入ってないってことで、ますます人里が遠そうで嫌になるね。

現代に残ってる山城とか城跡とかも、いま見ると森に隠れてる感じあるけど、建てられた当時はたぶん周囲の木々は全部伐採《ばっさい》されてたと思う。建築に使うし、燃料に使うし、物見に不便だし。木々があるだけでこっそり隠れて攻め込める確率がぐんと上がるからね。

そういう理屈で考えれば、少なくともこんだけ深い森は居住地として期待できない。耕作をする農耕民族であれば、居住地域の森なんぞ伐採して開拓して禿山を量産して耕地面積と燃料を確保して、後々の時代になってからようやく自然破壊がどうのと言い始めるのだ。

すくなくとも、村とかが近い森であればもっと間伐《かんばつ》されて、人の出入りがありそうなものだ。

人間より牛が多いとか言われる地方でさえ、それは切り開かれ開拓された土地なのだ。

「まあ、専門じゃないし、全部うしろに知らんけどってつくんだけど」

なんてことをつらつらと考えていたら、ふと最悪の想像に思い至った。

あの角猪はゲームでは見たことがない獣だった。

そのことからかならずしもすべてがゲーム通りではないとは思っていたけれど、そうなるともしかしたら人間そのものがいない世界に転生したという可能性もありうるのではないだろうか。人間というか、知的生命体全般。

つまり、ここらへんには人が住んでいないだろうなとか以前に、そもそもこの世界って人間がいないんじゃないかって問題。

この体がかならずしも元の世界のころと同じ感覚とは限らない。というか、そもそもあんなチートじみた能力があるんだから、人体と同じようにできているとは思えない。私が平然と呼吸して違和感なく体を動かせるからといって酸素濃度や重力値が地球と同じとは限らない。

とはいえ少なくとも空の色や陽光の加減、水の状態や動植物から見て、この世界がおそらくハビタブルゾーン、生命居住可能領域であろうということは予想できる。生物が自然に発生し、進化し、繁栄できるだけの環境が整っている世界。私の目が元と同じ波長をもとと同じ色彩として見ているとしてだけど。

「なんで空が青いかっていうと、人間の目が青く見えるように進化したからなんだよね……」

むかし父に教わった夢も情緒もありゃしない説明を思い出してちょっと遠い目をする。未就学児に進化とかレイリー散乱とかの話をされても。

気を取り直して。

さて、見た感じこの世界には液体の水があって、安定した大気があり、地上進出した植物が繁茂《はんも》している。

当たり前のようにも思えるけど、この条件が並ぶだけで天文学的レベルで希少な発達っぷりと言って過言ではないくらい、宇宙には生存に適した惑星が少ないと聞いたことがある。

私たちの知らない生命形態に適した惑星はあるかもしれないけれど、少なくとも地球型の惑星でかつ地球のように生命が発達可能な惑星は驚くほど少ないだろう。

その驚くほどレアな世界に来れたのはいいとして（あるいはその驚くほどレアな世界でもなければ転生できないか、転生しても生き残れないのか）、そこで知的生命体が発生し、かつ文明を起こすレベルにまで発達しているという、二重の難易度の壁が立ちはだかる。

まだ二足歩行を始めていないとかいうのでも十分好条件で、下手すると環境がそれを許さないために文明を起こすに十分な知性と能力を持った生命体が進化できないかもしれないのだ。

創作の世界だけど、モノリスがなければ人類はヒトザルから進化してなかっただろうし、グレート・ウォールがあってもエウロパ人は進化できなかった。進化はとてもシビアな奇跡を積み重ねなければ届かないらしい。

ましてや人間そっくりの生き物が、人間とコミュニケーションを取れる環境の希少さよ。

どうして異世界転移した連中はどいつもこいつも楽天的に何とかなると思えるんだろうか。どう考えても奇跡の重ね掛けとしか思えないレアリティではないか。まあこんな面倒くさいこと考えるやつを主人公に据えても何一つ楽しくないだろうから仕方ないと思うけど。

「私だって私みたいな面倒くさいやつ主人公に据えたら『こいついらねえな』って思うもんな……」

悲観的な私と楽観的なライトノベルのハーレム主人公たちと、何が違うのか少し考え、そして気づいた。ヒロインである。

いや、この際ヒロインでなくてもいい、現地人である。

異世界転生やら転移やらで大事なのは現地人との接触がわりと早い段階で起こることだろう。

右も左もまったく何もわからない主人公に現地のことをいろいろ教えてくれ、その後キーパーソンとして行動をともにしてくれるヒロインとかそのあたりが大事なのだ。

仮に現地人でなくても、頼れる仲間とか、そういうのでもいい。不可思議な状況を前に説明役となる仲間がいるのは大事だものな。

いくらチート能力持ちの転生者でも、初手孤独スタートの話し相手すらいないソロプレイだったら早々に発狂すると思う。漂着したバレーボールにウィルソン君とか名付けて話し相手にしそう。

ご都合主義と言えばご都合主義なのだろうけれど、物語の展開的にも早いうちにそういった手合いと遭遇するのは必須と言えるだろう。話が進まなければ文字通りお話にならない。いつの世も物語はそのように始まるのだ。

ボーイミーツガールとかボーイミーツボーイとかガールミーツガールとかヒューマンミーツモンスターとか、出会いは物語を加速させるのだ。

ひるがえって私は何だ。

出会ったのってなんだ。

猪だぞ猪。角付きの猪。

しかも全力でこっちを殺しに来る鼻息の荒い角猪。オーエルミーツモンスター。出会ったじゃなくて出遭ったなんだよもう。遭遇だよ。

挙句《あげく》に出合い頭に首ちょんぱだよ。ＯＬの所業じゃない。モンスターミーツモンスターだ。どんな怪獣大戦争だ。

殺してしまってるから話も進まないし直後に汚らしいからって反吐を戻した上に手を洗い始めるド畜生だぞ私は。命の尊厳もへったくれもあったもんじゃない。初殺戮の直後で命に敬意払えるほど余裕ある民族じゃないんだよこっちは。

「まったく……どうしろってのさ」

ため息も出る。

考えてもみてほしい。

仮に、仮にだけど、異世界転生ものの新作と期待して読み始めてみたら、ひたすら陰気な一人語りを続けて現地人の一人も出てこない上に、いきなりアニメだったら黒塗り必至の殺戮かました挙句、おもむろに胃の中身をひっくり返し始めた主人公が二十六歳元限界ブラック社畜現暗殺者とか誰が喜ぶというんだ。

そのうえ露出の欠片《かけら》もないガチ暗殺者スタイルで色気など微塵もない大女だ。

さらには《技能《スキル》》で隠れているので第三者視点だとひたすら爽やかな朝の空気とマイナスイオン溢れる心地よいせせらぎの流れる森の映像しか流れないんだぞ。放送事故か。私だったら「しばらくお待ちください」とか「映像が乱れております」のテロップ流すわ。

もしこのままさらに一話分、石に腰を掛けた透明人間を映し続けたらある意味伝説回だろうが、その間ひたすら独り言をしゃべり続ける声優が哀れで仕方がない。ギャラ一緒って本当ですか？

などとありもしないアニメ化を妄想して華麗に現実から逃げていたのだが、どうやらこの体の感覚はおそろしくすぐれているらしく、気もそぞろだというのに耳ざとく物音を聞きつけた。

その物音に耳を傾けると、私の体は私の思うよりも鋭く働いて、すぐにその物音が足音であることを悟った。それも二本足の足音だ。足音だけでなく金属の触れ合う音もする。衣擦《きぬず》れの音も。

それはつまり、金属を使い、服を着た、二本足の生き物、つまり高確率で人間かそれに近い形の知的生命体であろうと思われた。

そのまま集中すれば足音の持ち主の体重や歩き方の癖といったことまでわかりそうだったけれど、

あまりに情報量が多く、本来の私が知らなかったはずの判別法で考え始めるので、酔いそうになって止めた。もう少し慣らしが必要そうだ。

私は改めて自分自身を見下ろし、身を隠す《技能《スキル》》である《隠蓑《クローキング》》がしっかり発動し、自分の姿が半透明になっていることを確認した。

……私からは半透明に見えるけれど、まわりからは見えなくなっている、はずだ。川面に映らないし、さっき気づかず飛んできた小鳥に激突されかけたし。体が勝手に避けたけど。

ゲームの通りであれば、この《技能《スキル》》を使っている限り目視はできないし、おそらくだけれど気配やにおいもかなり薄くなっているはずだ。感知《技能《スキル》》や一部の勘のよいモンスターにしか見つからないのだから、少なくとも設定上はそうなっているはずだ。

仮に見つかったとしたらその感知《技能《スキル》》持ちや一部の勘のいいやつということになるのでもうどうしようもない。諦めよう。初手でつまずくならもうそれは方針に無理があるんだから仕方ないということだろうしね。

幸い私の身体能力はゲーム時代のステータス情報を引き継いでいるようだから、まあたいていの雑魚《ざこ》なら先ほどの角猪のように素手で解体できるだろう。

実際にはそういう血なまぐさいことになると口からキラキラをまき散らす羽目になるので、逃げるだけだが。まあこの体なら軽く走るだけで簡単に振り切れるだろう。

接近する何者かと話をしてみる、という選択肢はない。

私はそういう煩わしいのが嫌いなのだ。できないわけじゃない。人間に気を遣って会話するのが心底しんどいだけ。会話にコストが発生するタイプってことだ。

チャットとか文字での会話なら、考える時間もとれるし相手を人間と認識しづらいからまだ何とかなるが、生身の相手と向かい合って話すとか無理だ。きつい。仕事でもないのにそんな労力をかけたくない。仕事でもしたくないのに。

職場ですら幽霊と陰口たたかれるレベルでひっそりと息をひそめて過ごし、最低限必要な会話でさえロボットと陰口たたかれるレベルで条件反射で定型文を返すような人間だ。

初対面の、それも異文化どころか異文明の異世界人相手に朗《ほが》らかなコミュニケーションとれるほど私はできた人間ではない。

異世界転移とか転生もので一番のチートは主人公のコミュニケーション能力だと思う。お前のようなコミュ障がいるか。こちとらコンビニ店員の「あたためますか？」にさえ声が出なくて手ぶりでしか答えられないんだぞ。逆に喋りすぎになるか。

自虐だか自慢だかわからない感じになってしまったけれど、とにかくそういう次第で、コミュニケーションを前提としないスタイルで行こう。

だいたい人間と決まったわけでもなし、コミュニケーションが取れる相手かもわからないのだ。

異世界チートで言葉が通じればいい方で、ゴブリンとかその手のＭｏｂ《てき》かもしれないのだ。

むしろそういう可能性の方が高いと覚悟しておいた方が人間じゃなかった時の精神的ダメージが少ないかもしれない。期待しているとダメだった時の落差ダメージが痛いからな。

よし、ゴブリンならまだましな方という考え方で行こう。

あいつら小柄なくせに悪意がとんがってて男は殺して喰らって女は犯して喰らうとかいう、神が悪意と汚物をこねくり回して途中で飽きたのでそこらへんに放り出したら勝手に生まれてきた生き物みたいなダークな印象が強いが、幸い一匹二匹なら最弱レベル。だといいな。希望論過ぎるが。

それに今日日は善いゴブリンとか、萌え系のゴブリンとかも多い。どっちにしろ会話する気がないからあんまり関係ないが。

大して変わらない気もするけど、より強靭《きょうじん》なオークとかでないことを祈ろう。オークも最近は紳士的な描き方がされることが多いけれど、まあお国柄だろう。この腐れファンタジー世界に期待するのは危ない。

私が悲観的過ぎるというのは自覚してるけど、常に最悪を想定しておいて損はないだろう。現実はその一歩先を行くものだし。

そのような警戒をしながら待ち受けた相手は、そんな私の悲観的な想像を鼻で笑うように軽やかな足取りでやってきた。

下草を払いながら獣道を抜けて河原にあらわれた姿は、最悪の想像よりずいぶん文明的だった。よく履き古された編み上げのブーツが、河原の丸石をきしぎしと踏みながら、足取りも軽く川へと向かう。

それは、少女だった。

それは、白い少女だった。

白い少女が、河原を軽やかな足取りで歩いていく。

まだ成長期だろう肉より骨の目立つ細身で、野放図に育った私の背丈からすればずいぶん小柄に見える。年のころは十を少し過ぎた程度だろうか。まだ子どもと言っていい。

西洋的で彫りが深く、鼻の高い、しかしまだどこか幼さの残る、性別の分かたれる際といった中性的な顔立ちの少女だった。

清楚さと奔放さ、可憐さと精悍《せいかん》さ、相反する要素が複雑に混ざり合ってその白皙《はくせき》にあらわれていた。

この年頃にしか見られないある種の危うさのある可憐さは、あるいは妖精のようともいえるかもしれない。

少女は旅装に身を包んでいた。それも見方によっては物々しい類の。旅の垢と埃に汚れながらも仕立てのよさを思わせる服の上から、胸や腕など部分部分を奇妙な質感の白い革の鎧で守っている。小さな体にわざわざしつらえたようにも思われぬそれを、しかし自然に着こんで、馴染んでいる。服に、鎧に着られているということがない

腰には白革の鞘に納まった剣。身の丈に比していささか持て余しそうにも見えるそれを、まるで己が身の一部のように自然に扱って邪魔になることもない。

ベルトにはポーチや巾着《きんちゃく》、鉈など、すぐに使うことのできるように道具が吊るされているようだった。また背中側には手斧のようなものも見える。

背には大人用と思しき少しばかり大きめの鞄を背負っており、小さなシャベルや水筒などが吊るされ、丸めた毛布のようなものもくくられていた。

それらはどれもほつれや破れたところのない新しいものでありながら、飾りなどではなくここしばらくのあいだ実際に使用されてきたのであろう痕跡が見て取れた。

少女は水を汲もうというのだろう、川辺にかがみこんで水筒を沈めている。

不意に河原に差し込む日差しが、何かに照り返して私の目を焼いた。

見れば飾り紐で高めに結い上げた銀に近い白髪がきらきらと光っていた。森の緑と影の黒ばかりを見ていた目に、それはひどく眩しく輝いて見えた。

少女は何もかも白かった。

白い服。白い鎧。肌も白く、髪も白い。そのなかでただひとつ、零《こぼ》れんばかりの大きな瞳が翡翠《ひすい》のように煌めいていた。ああ、そして、いままさにせせらぎに憩いを得てこぼれた微笑みの赤さよ。

その白は、黒づくめの私とは何もかも正反対だった。それは生きながらに死んでいるような私と、いままさに日差しの下で息づく生命に満ちた輝きとの対比のようでもあった。

いかにもファンタジーでいうところの駆け出し冒険者といった風情は、ゴブリンの生態を観察するという生産性のかけらもない苦行を予想していた私には、かなりの好条件に思われた。

旅慣れた熟練の冒険者の旅は見ていて安心できるだろうけれど、そこにはハプニングやスリルといったものが欠ける。このいささか熟《こな》れていない印象のある少女ならば、ほどほどに旅を続けながら適度にミスや挫折を経験して成長していく、そういったロマンあふれるストーリーが拝めるに違いなかった。

大人が失敗や挫折をしている姿を見せられても身につまされてしんどくなってしまうが、子どもがそれらを経験し、乗り越えていく姿はドラマとして消費できる。なんとも最悪のセオリーである。

水筒を満たし、軽く顔を洗い、足を流れにあそばせ、しばし休んだのち川を渡って歩き始めるこの年若い冒険者見習いの後に続いて、私もファンタジー世界への旅に出るのだった。

気分はドキュメンタリー番組でも眺めている無責任な視聴者のようだった。

彼女を追いかけるに当たって、このアバターの身体能力は非常に助かった。

というのも、私がストーキング対象もとい観察対象に決めたこの冒険者見習いみたいな少女は、見かけよりずいぶんと体力があったからだ。

革鎧に目立った傷もなく、鞄もわりあい新しいものに見えるし、それほど旅慣れているような感じではないのだけれども、足取りには迷いがないし、小さな体でずんずんと進んでいく。

藪やちょっとした枝なんかは鉈でがっさがっさと力強く切り拓いていくし、一歩一歩も力強い。小さいのにまるでちょっとした重機のような頼もしさだ。

この少女が特に体力に秀でているのか、この世界での平均値が高いのかは比較対象がないのでわからないけれど、少なくとも元の世界の同じ年ごろの子どもと比べればかなり身体能力が高そうだ。

運動の必要性が少ない現代社会の子どもと、あまり文明程度が高くなさそうな世界の子どもで比べるのだから当然と言えば当然だけれど、食糧事情から言えば現代社会の子どもの方が発育もよさそうだし、単純に比べるのは難しい。

ただ、私が信じられないくらいの怪力や素早さを発揮したように、この世界の住人も何かしらステータスに補正が入っている可能性は否めない。

私ひとりが特殊と考えるより、この世界には魔法や魔力といった概念が存在していると考えた方が自然だ。私の存在的にも、よくあるこの手の物語のご都合主義的にも。そしてその方が浪漫もあるし、私としても期待が高まるというものだ。

少女は歩き慣れているのか、単にまじめだからなのか、非常に規則正しく足を進めていた。歩幅も均等だし、歩調もほとんど乱れない。

また、休憩の感覚も規則正しい。単に疲れたから休むというだけではない。本人は体感でざっくり決めているのだろうけれど、私がちょくちょくステータス画面の時計を確認しながらついていくと、だいたい一時間かそこら歩いて、十分ちょっとくらい休憩というのを繰り返している。

一般に人の歩行速度は、普通に歩いて時速四キロメートルくらいという。

この子はちょっと早歩きくらいで、でも茂みや起伏に足もとられるし、地形によってはまっすぐ進めているわけでもないから、差し引きでもまあだいたいそんなもんだと思う。

歩きづらいから運動量は多めになってると思うけど、一時間に十分十五分の休憩はまあ妥当じゃないかな。私はふだん運動しないから知らんけど。でもウォーキングくらいはすべきかなって調べた時にはそんな数字だった。

時計もなしにこの工程を問題なく繰り返せているあたり、体内時計がわりと正確だ。

ただ、几帳面《きちょうめん》というかまじめなばかりではないというのは観察を始めてすぐにわかった。

少女が進んでいった先から血の匂いがして、あ、そういえばと思いだした時には、少女が警戒したように足を止めた。

そこは私が、あのでかい角猪を出合い頭にごっめーんとばかりに首を跳ね飛ばした現場だった。

横たわった胴体はすでにすっかり弛緩し、血の流れもほとんど止まっているけれど、まだ体温を残して温かそうだった。

時間がたったからか、私の心がいくらか落ち着いたからか、先ほどのように強烈な忌避感や汚らしさは感じない。

ああ、ちょっと強がった。やはりちょっと腰が引ける。でも二度目でもあるし、まだ落ち着いて見ることができる。

あるいは、《隠蓑《クローキング》》を使うことによって、ある種、他人事のように見ているというか、こころに一枚、幕を挟んで見ることができているのかもしれなかった。

少女はこの殺戮現場に、またおそらくはこの殺戮を引き起こした存在に警戒してかしばらくあたりをうかがっていた。

こんな大きな猪を一発で仕留められるような存在は、どうやらこの世界の価値観でもあまり普通ではないようだ。普通だったら一人旅なんて怖くてできないよね。いやそもそも一人旅してる時点でおかしい気もするけど。

少女はまじめに警戒しているようで、好感が持てる。そういう駆け出し冒険者みたいな感じいいよね。なんて気持ち悪い感想なんだろうな私は。若者の冒険をドラマ扱いで消費してる悪い大人だ。

と思っていたらおもむろにナイフを取り出して猪の死体に近づいた。

なるほど、危険な存在は警戒しても、こうして素材の塊が落ちていたら回収はしておきたいだろう。

私には価値がわからないけれど、毛皮は売れるだろうし、なにかこう、ファンタジー的素材があるのかもしれない。

でも毛皮にしろ牙にしろ角にしろ、回収しようっていうならけっこう時間がとられそうだ。

ゲームだと敵を倒したらアイテムが勝手にドロップしてくれるけど、現実的に考えれば生き物から何かを得ようとしたら解体とかしなきゃいけないわけだし。

とはいえこんな大きな生き物をナイフ一本で解体できるとも思えないし、どうするんだろう。

さすがにこの場でワクワク解体ショーが始まってしまったら、ちょっと私は見学は控えさせていただきたい。理屈では屠殺《とさつ》とか解体とかが大事な仕事っていうのはわかっていても、生き物が生き物の形でなくなっていく過程っていうのをまじまじと眺める自信はない。

いやでもなあ、今後もこの世界で生きていかなくてはならない以上は、いつまでも目をそらしてっていうわけにもいかないことではある。この世界の住民も生きて、食べていかなくちゃいけない以上、生き物の命を奪ってさばいていかなきゃいけないわけで。

うーん、ちょっとずつ向かい合っていかなきゃかな。

と思ってのぞき込んだら、かなり強引にナイフをぶっさしてイノシシのお腹のあたりの肉だけ抉り取ろうとしていた。

解体に比べたらグロテスク度合いはやさしめだとしてもさあ。

掛け声とともにナイフぶっさす女の子は普通に怖い。

あと、顔。

おい、顔。

その顔つき。

それ年頃の女の子がしていいような顔じゃないぞ。

涎《よだれ》を隠せ。

ぐへへじゃないんだよ。

どうやら食欲ゆえの葛藤《かっとう》で、食欲ゆえの採取行動であったらしい。

一応素材になりそうな角も回収していたのでそこら辺の勘定もできるようだけれど、危険を冒してでもまず考えたのが食欲というあたり不安だ。

しかもわりと遠慮ない量の肉をえぐっていったし。

腹ペコ系には一定の需要があるらしいけど、はなはだ不安だ。

抉り取った肉と、折り取った角は、それぞれ別の革袋に納めていた。

たぶん、素材を手に入れた時に入れるための革袋をいくつも持っているのだろう。小分けにしないと困るような素材もあるだろうしね。

少女は荷物を整えると、その場に跪《ひざまず》き、手の指を手のひらの内側に組んで、囁《ささや》くようになにがしかを唱えた。

それは見知らぬ所作だった。

それは聞きなれぬ文言だった。

しかし目を伏せ、うつむくように首《こうべ》をたれ、目に見えず音にも聞こえぬ何者かに捧げられたそれは、確かに祈りの形であったように思う。

鈴の鳴るごとくに涼やかで甘やかな少女の声を、私がしっかり聞き取れたのならば、それはこんな具合だった。

「かけまくもかしこきさかえあわいのおほかみぷるぷらもろもろのおほみめぐみみえにしをたふとみゐやまひかしこみかしこみもまをす」

音だけ聞くと一瞬何語かなと困惑するけど、何度か反芻《はんすう》してみるに、たぶんこれは、この文言は、こんな風に直せるのだろう。

「掛巻《かけまく》も畏《かしこ》き境《さかえ》、間《あわい》の大神《おほかみ》プルプラ、諸々《もろもろ》の大御恵《おほみめぐみ》、御縁《みえにし》を尊《たふと》み敬《ゐやま》ひ恐《かしこ》み恐《かしこ》みも白《まを》す」

ざっくり言えば、声に出して言うのも畏《おそ》れ多い境界の神様プルプラよ、いろんなお恵みとご縁を与えてくださってありがとうございます、という感じになると思う。なぜ祝詞《のりと》調なのか。

もしも音が似てるだけで全然違うことを言っているのだとしたらともかく、この通りに言っているのだとすればどうやら異世界ものにありがちな自動翻訳機能はちゃんと働いているようだ。

もし自動翻訳さんが私の国籍はともかく時代設定を勘違いしてるせいで会話すべてがこの調子だったりしたら、私がさらに現代語訳しなければならないという面倒くさいことになりそうだけれど、たぶんこれは神様へのお祈りの定型文みたいな感じだろう。本人もこなれてはいるけど、深く意味を理解してやってる感じでもない。

連れがいれば会話からもっといろいろわかるんだけど、何しろ一人だから基本的に何にも喋らないんだよね。ちょっとした掛け声とかくらいはあるけど、ひとりごとなんかは言っても口の中で小さくぼそぼそやるだけだからさすがに聞き取れない。

ライトノベルに限らず、アニメでも舞台でも、登場人物がよく大声でひとりごとというのはやっぱり必要があってのことなんだなあ。

までも実際に目の前で説明的なセリフとかをよく通る声で朗々と語り始めたら私は普通にドン引

きすると思う。

つまりいま私がこうして誰にともなくだらだらと語りかける感じで思考してるのは普通に怖いやつだと思う。心が病んでるのかな？　心が病んでるんだよ。知ってる。

少女はしばらく歩いて、少し開けた場所に出たところで、どうやらキャンプの準備を始めるようだった。キャンプと言ってもテントは立てないみたいだ。というか荷物的にも持ってないかも。あってもタープみたいなのかな。ほら、一枚布を屋根代わりにするみたいなやつ。

あれから数時間歩いたとはいえまだ明るい。でも人間が歩き続けられる時間は限られているし、薄暗い森の中で一人でキャンプの準備をするとなると時間もかかるだろう。そうなると旅は早寝早起きが基本になるのかな。

フムン。

私は作業中の少女を眺めながらふと思う。

もしもこの子に遭遇しなかったら、私は何も考えないまま何の準備もせずに森の真っただ中で夜を明かすことになったのか。それはなかなかにぞっとしない話だった。

隠れてる限りたぶんこの森の生き物が私に気づくことはないと思うけど、だからってひとりで明かりもない森の中、無防備に一晩明かせるほど私の肝は太くない。終電なくなったからって消灯された会社で寝るのは平気だったのにね。

少女が手慣れた様子で竈を組んで火をつけるのを眺めていたのだけど、ここで何やらファンタジー・グッズが登場した。

火打石でも使うのかと思っていたら、何か小さな箱のようなものを取り出して、竈の薪に近づけた。そして小さく蓋を開いたかと思うと、その隙間から小さな火が上がり、ぱちぱちと枯れ枝に燃えついたのだ。

それはサイズ感的にも使い勝手としても、最初ライターのように見えた。

ライターがあるなんて近代的……ともいえないか。火打石を利用したいわゆるライター自体の歴史は二百年以上あるし。これはあくまで火花を打ち出すもので、オイルやガスを利用したはっきりと火が出るものはもう少し後になるけど。

でもなぜかファイヤーピストン、断熱圧縮を利用した圧気発火器はディーゼル・エンジンにつながる技術でありながら少なくとも十六世紀以前には存在してたらしいんだよね。不思議だ。

さらに、古臭いイメージのあるマッチなんかは意外にもライターのあとに発明されている。まあでも考えてみれば化学式だしな。そのマッチ自体もやはりライターと同じく二百年くらい前には発明されている。

なのでファンタジー世界でもライターがあっても別におかしくはない。むしろ焚火だの竈だので頻繁《ひんぱん》に火を用意しなければならない環境であれば着火具の需要は高いだろう。

なんで引きこもりのインドア女がそんなアウトドアアイテムに詳しいかって？

人間が嫌いになりすぎて、人付き合いが嫌になりすぎて、山奥で世捨て人みたいな生活できないかなって調べたことあるんだよね。

結論はお察しの通り、「無理」だ。あらゆる意味で。

なんだっけ。

そうそう、このライターっぽいのがファンタジー要素を感じさせるって話だ。

別にファンタジー世界に私たちの知るライターがあってもおかしくはないけど、このライターのようにも見える小さな箱の中には、よく見ればかすかに小さな蜥蜴《とかげ》のようなものが見えたのだった。実体ある生き物というより、その形をした火のようというか。あるいは実際の火に重なるようにして見える幻覚めいた映像というか、その火蜥蜴がちろちろとなめるようにして火をつけたのだ。

これが、この蜥蜴みたいなものが本物なのか作り物なのかまではわからなかったけれど、ガスやオイルを燃やしているわけではなさそうだった。

少女はそうして着火して育てた火で、先ほど手に入れた猪肉を鍋で調理しはじめた。

その合間に装備の点検をしたりと、なんとも冒険者然としていて、いい。実にファンタジーな光景だ。後方腕組みスタイルで眺める不審者がいなければもっといい。自分がノイズになるなあ。

あんまりさりげなく使うから見過ごしそうになったけど、たぶん水筒も魔法の品だ。

休憩中も水を飲んだり、いまもナイフを洗ったり鍋に水を注いだりしていたのだけれど、どう考えても革袋のサイズと出てくる水の量が釣り合わない。先ほど水をくんでいたし無制限に汲めるわけではなさそうだけれど、かなり大量の水を収められるようだ。

いや、違うか？

よくよく見れば水筒は二つある。

一つは水を汲んできたもの。もうひとつは大量の水を出したもの。

後者にいくらかの水を注いでから傾けると、なぜか見かけの容量に見合わないたくさんの水があふれてくるのだ。

これ無限ループできるんじゃね？　と思ったけど、別の水筒にわざわざ川の水を確保しているあたり、魔法の水筒で生まれた水をさらに増やすことはできないのかもしれない。

私が眺めている間も、少女は追加の薪を拾い集めに出たり、そこら辺の草をつんできたりうろちょろしながら料理を続けた。

なるほど。キャンプ中はまわりのすべてがキッチンになるわけだ。燃料も追加の食材も、そのあたりに採取に行ける。なんでもはないけど、ちょっとしたものが森には溢れているんだ。私には見分けがつかないので少女が摘んだ草と雑草の区別がわからないけど。

そのようにしてちょこまかと動きながらの調理がすべて終わった頃には、すっかり日が暮れていた。

やっぱり一人で旅をするというのは大変そうだ。ファンタジーなアイテムがあってもこれなのだから、私にはとても無理だな。いろいろ調べた時も思ったけど、私では手が回りそうにないし、途中で心が折れる。私はインドア派なのだ。

どっかりと腰を据えた少女は鍋に直接スプーンを入れて猪肉を食べ始めたのだけれど、これがまた、とてつもなくおいしそうに食べる。

鍋自体の見た目も飾り気がないとはいえきちんと料理として仕上がっているけど、なにより実に幸せそうにものを食べるのだった。

それこそ神様にでも祈りだしそうな感謝を込めて一口一口を噛み締めている。

俯いてため息ばかりの現代社会で見かけたら、ヤクでもやってんのかと思うレベルでにっこにこ笑いながら食べている。何か危ないものでも入ってるんじゃないだろうなこの鍋。カロリーも高そうだし。あれかな。至るってやつかな。糖質スパイク。そこまで鬼気迫る感じでもないか。

歩き通しでお腹も空いていたのだろう。休みなく食べ進めていく少女。けっこうな量の鍋が目に見える速度で減っていくのはちょっとした感動があった。なるほど腹ペコ系キャラの魅力とはこういうものかもしれない。違うかな。違うかも。

やがて半分程食べ終えると、少女は鍋をもう一度沸かして、火からおろすと蓋を閉めて、厚手の布でくるんでしまった。どうするのかと思えばそのまま置いて、自分は毛布にくるまって寝る準備をしてしまう。

何だろうと思ってしばらく考えてみたが、たぶん保温効果を高めているのだろう。スロー・クッカーと同じことだ。じっくりと熱を加えることで肉は柔らかくなる。それを朝ごはんにしようというのだろう。なるほど、考えている。

なお自分でやろうとしたら温度管理とか菌の繁殖とかよけいなことを考えてしまうので私にはできない。食中毒怖いし。そもそも一度口にしたスプーンを突っ込んでるわけで。

木に背中を預けて寝入ってしまった少女を眺めて、さてどうしようかと私は悩んだ。

私も眠ってしまおうかとも思ったけれど、なにしろ安物とはいえベッドに慣れた現代人だ。毛布もなしに地べたで寝れるほど丈夫ではない。

いや、たぶんこの体は岩の上だろうと何だろうと平気なんだろうけれど、気持ちとしては別だろう。

それに何より眠気というものがまるでなかったのだ。

興奮して目が冴えている、という感じではない。

そもそも体調や精神状態がずっとフラットで落ち着いている。

たぶんこれは、《エンズビル・オンライン》では睡眠というものがバッドステータス以外で存在しなかったからではないだろうかと思う。システムとして、そもそも眠くなるっていうのが実装されてない。

一応宿屋というものもあったけれど、別に泊まらなくても睡眠不足とかは発生しなかった。費用対効果を考えたらアイテム使うか移動がてら自然回復させた方がよほどましだったし、私は使ったことがない。

そのゲームを基準としたこの体は、眠りが必要ないのかもしれない、ということだ。

また、一日歩いたけれど疲労感もない。これもやはり、スタミナシステムがなかったからだろうか。見たり聞いたりの感覚はあるのに、そういった眠気や疲労などのいっさいがないというのは地に足がついていないようで落ち着かない。

極めて健康な状態を維持できているというのは素晴らしいことのはずなのに、眼精疲労も肩こりも感じないこの体は、なんだかひどく軽いものに感じられてしまった。肩が軽いとかじゃなく、存在が軽い。現実感が薄い。

なんだか、私を世界につなぎとめている糸が切れてしまったようにさえ思う。ただ惰性《だせい》が私をこの場にとどめているだけで、本当は風が吹けば飛んでしまうんじゃないかというような、そんな耐えがたい存在の薄さ。引力さえもが信用できなくなってしまうような、そんな。

まるで、幽霊だ。

透明で、重さを持たない、ただ影だけがあるような。

ひとから侮られてそう呼ばれ、自分でも自虐じみて名乗ってはいるけれど、実際にそれを体感するとなんだか気持ち悪い。

眠気が来ないとなると、夜はおそろしく長かった。話し相手もいないのだ。話すことなんて好きじゃなかったはずなのに、それさえも恋しくなるような無駄で無意味な時間。

ちょっとあたりをうろついてみたり、鍋の中のスプーンの触れてない無事なあたりを味見程度に拝借してみたりしたが、時間は全然過ぎない。

なお、鍋はけっこう濃い味だった。味噌のようなものを入れていたけれど、炒ったナッツのような香ばしい感じがして、かなりコクがある。そして肉は、硬い。一部はゴムのごとく。

一応この体は飲食もできるんだなというのはささやかな気づきだった。《エンズビル・オンライン》

に空腹度システムはなかったはずだけど、まあ飲食物系の消費アイテムはあったしね。

ただやはり、食べたなと言うだけで、満たされもしないし、腹が膨《ふく》れた感じもない。ステータスにも変化はない。

なにかを食べても、回復もしないし、バフもデバフも乗らないらしい。いやまあ、当たり前と言えば当たり前か。食べ物を食べただけで《HP《ヒットポイント》》が回復するわけがない。料理を食べただけでステータスが向上したりはしない。残念ながらまだそういうレーションとかは開発されていないのが現実だ。

いやまあ、《エンズビル・オンライン》では普通に回復もしたしバフも乗ったんだけど、ゲーム内アイテムとか料理じゃないとダメなのかなやっぱり。

早く起きておくれよと頬をつついたり、指先が思いのほか皮脂で汚れたのでえんがちょとなったり、火の弱まった焚火に薪をくべたりしてぼうっと過ごす夜は、はじめまったく落ち着かなかった。何もしていない時間というのは、いったいいつぶりだろうか。

仕事したくないのに、仕事しないとやることがなくて落ち着かないという、それはあるいはブラック社畜仕草の一つなのかもしれなかった。

思えば、私の日々というものはいつも何かに追われているようだった。

朝はぎりぎりまで寝て五時に起き、歯を磨いて顔を洗って化粧水はたいて手早く化粧を済ませて、着替えを済ませたらすぐ出勤だ。朝も早くから棺桶じみた電車に乗り込んでいくブラック・ゾンビの仲間たちに合流して、死んだ目でごとごと揺られていく。

朝ご飯は通勤途中のコンビニで購入したゼリータイプの補給食品を一気に絞って瞬間チャージ。食事というより燃料補給だった。

会社に着いたらもくもくと仕事して、同僚がきゃいきゃい下らない会話してるのを聞き流しながらブロックタイプの栄養食品とミネラルウォーターでお昼ご飯。

済んだら私の仕事ではないはずなんだけどなぜか私に回ってくるクソどうでもいい会議のチラ見されて終わりの資料をコピーして手作業でホチキスで止めて、上司のクソどうでもいい思い付きで訂正された資料をコピーしなおしてまたホチキスで止めて、結局会議で大して使われもしないまま回収してホチキス針を外して裏紙を再利用箱に放り込んで、給湯室で陰口大会の社員を尻目にテンプレート書類を仕上げて印刷して発送してとかいうメールでいいだろうという仕事を終わらせて、さあ定時で上がろうと思えばサービス残業のお時間だ。何時代だ。

先にタイムカード切れってお前労働基準法違反だからな。まあ違反したからなんだという話でしかないけど。改善策を考えていますという顔をして、なにかそれらしい改善計画みたいなものをそのうちどうにか何とかやるかもしれませんみたいな態度で出しておけばそれで終わるのだ。監査があるって？　そうだね。以前にあったよ。何も変わらなかったけど。

労働基準法とか労働基準監督署とか、そういうものに夢は見ない方がいい。夢でしかない。この国にどれだけの企業があって、どれだけの人間がいると思っているのだ。手は回らないし、目は届かないのだ。

法を守るって言うでしょ。法律は大事に守ってあげないといけないんだよ。法律は人間を守ってくれるほど強くはないんだから。でも人間は優しくないからね。仕方ないね。

それこそ十分もあれば終わるだろう仕事を、テンプレートと書式と要らん工程のせいで一時間以上に膨らまされて、さっさと終わらせて提出しようとしたら上司は本日早退につきまた明日ってお前これ今日じゃなくてよかっただろう。

帰り道にコンビニに寄って栄養食品とミネラルウォーターを買って帰宅。

パソコンを起動させてゲームのアップデート。

その間にもそもそ晩御飯を済ませてレクサプロ飲んで、ああ、そろそろ眠剤切れるんだったでも次休みいつだっけ、なんて思いながらゲームに没入して、切りがよければベッドで寝て、悪けりゃそのまま寝落ちしてる。これやんなきゃ睡眠時間確保できるのにね。でも心が死んでしまう。もう死んでるけど。まだマシを求めてさまよってるんだから、幽霊だ、これは。こんなのは。

それで、アラームに起こされてまた出勤。休日は診療所にいって毎度変わらずのお話をして、お薬貰って帰って一日寝る。じゃあ次はいついつ頃、ちょっと休日いつかわからないので、ええ、はい。

仕事辞めた方がいいですよってみんな言う。

みんなって誰だよ。顔のないみんな。透明な人たち。

でも辞めた後どうすればいいのか、どうなるのかってことはみんな教えてくれない。みんな知らない。知ってる人はもう語りたくなくて、知らない人はもうどうにもならなかったから。

君がうまくいった話とかあなたが健康を取り戻した話とか素敵だと思うよ。素晴らしいねすごいな。でも私が、岩原閨がうまくいって健康を取り戻すストーリーはそこにあるの？　ないよ。そこになければどこにもないんだ。最初からないものは探したってない。

うまくいかなかった人たちは誰も彼も話せないし喋れないから、まるで世間はうまく回っているみたいに見えてしまうだけ。うまくいかなかった人たちはみんなみんなすりつぶされてしまった。なにかに、誰かに、みんな自身に、すりつぶされてしまった。

誰にも見えない。透明になってしまったから。誰も見ようとしない。透明になってしまったから。誰もが知ってるけど。透明になってしまった者のことを。

たぶん、もっとうまいやり方があったんだと思う。

たぶん、もっとうまい生き方があったんだと思う。

けれど。

それでも。

だけれども。

私はそれを選べなかった。

私にはそれを選べなかった。

どこへでも行けたはずなのにどこへも行かず。

なんでもできたはずなのになんにもしないで。

生きていく意味も、死んでいく意味も、私にはもうわからなくなっていたから。

どこかへ行こうとしていたはずなのに。なにかを成し遂げようとしていたはずなのに。歩み出せば足をすくわれ、顔を上げれば水をかけられ、前にも進めず、後ろにも退けず、横道にそれるほど賢くもなくて。

誰かのせいにしながら、自分のせいにしながら、何も変えず、何も変えられず、不器用であることを不器用であるからというだけで許されようとして、かたくなに、愚かに、歯車に異物の挟まったゼンマイ仕掛けのおもちゃのようにかたかたと震えることしかできずにただ文句と罵倒を積み重ねてきた。

透明になれば楽だなんてうそぶいて、でも透明になりきることだってできずに、我が自分が私がのエゴだけが肥大していく。自分を殺し続けて耐えるふりをしてるのに、自分を手放せないなんてあまりにも愚かじゃないか。

ああ、ダメだ。

考え続ければ頭がおかしくなる。

でも何も考えていなくても頭がおかしくなる。

すでに頭がおかしいという事実からは目を背《そむ》けて、考えているふりをしながら、考えないふりをしながら、手を動かして時間を回せ。

そんな生活をずっと送っていたから、なんにもしない時間というものが落ち着かない。

いわゆる世間の一般人はどういう毎日を送ってるんだろう。全然想像できない。

なんでみんななんにもないのにウェーイって笑ってられるんだろう。脳器質の構造そのものが違うんじゃなかろうか。たぶんおかしいのは私の方なんだけど。知ってる。

それともそんな人たちなんてどこにもいないのかな。SNSにだけ存在しているのかな。見えないものは存在しないなら、見たくないものも存在しないでいてほしい。でもそんな考えに関係なく、普通の人たちは普通に存在していて、普通に普通の日々を送っている。普通を送れないやつのことなんて普通にわからないまま、普通を送れないやつも普通なんてわからないまま、透明なものは見えないから、透明なものには世界が見えないから、気づかないままに踏みつぶして、踏みつぶされていく。透明なみんなが透明な誰かを踏みつぶして、透明な潤滑油が歯車を滑らかに回して透明なレールを進んでいくんだ。

そんなことを、しばらくの間、考えていた。

流れていく思考を、自分では止めることができなかった。

思い出の泡が記憶の水面に上がってくるたびに、感情の波紋が細波《さざなみ》立った。

激しいわけじゃない。鮮やかなわけでもない。けれど、記憶のかけらが感情を、感情のかけらが記憶を刺激するたびに、脳のどこかが発火して実在しない苦しみを思い起こさせる。

いつだって、思い出は私を蝕《むしば》んで殺そうとしている。

けれど。

くうくう、と。聞こえる。

くうくうと。くうくうと。

静かな寝息を聞きながら焚火の火を眺めていると、頭の中をかけずり巡っていた文字列はだんだんと減っていって、映像情報や曖昧な感覚にとってかわられ、それもやがてふわふわとした形容しがたい、色も形もないものになった。きっとそれが、ぼんやりするということなんだと思う。いま私は、ぼんやりしているのだ。

なんにも考えず、なんにも思わず、ただ君の呼吸だけを感じている。

そうしてほとんど機械的に薪をくべているうちに朝日が差し始めたのだった。

用語解説

・ハビタブルゾーン
生命居住可能領域。宇宙の中で生命が誕生するのに適していると考えられる環境。つまるところ地球と似た環境と考えてだいたい差し支えない。

・ハーレム主人公
どうしたわけか行く先々の重要人物が世界観における男女の階級差や年功序列などを考えると不自然に若い異性に偏っている上、その世界の価値観から考えるとあまり普通でない感性を持っているにもかかわらず、不可解なまでにキャラ被りの少ないアクの強い面子からやたらと好感を持たれて、しかも致命的な不和を招かないままなんだかんだもてはやされる主人公の類型。

・一番のチート

異世界転生や異世界転移で最も驚異的なチート、コミュニケーション能力である。次いで異常なまでの幸運。オタクであったとか地味な人間であったとかもてなかったとか一部購買層の共感を誘うような設定でありながら、なぜか異世界で初対面の相手とも自然なコミュニケーションを交わしつつつがなくストーリーを進めるチートスキル。

・ストーキング

同一の対象に付きまといなどを反復して行うこと。犯罪行為。事案。

・異世界ものにありがちな自動翻訳機能

なぜか成り立ちもすべて異なる異世界で日本語が通じる現象。そのくせネット用語や俗語は通じなかったりする。言葉が通じない設定にすると転生して一から言葉を学びなおす場合はともかく、転移して身振り手振りでコミュニケーションをとらなければならないとどうしてもテンポが悪くなるので、「そのとき不思議なことが起こった」くらいの勢いで言葉が通じるパターンが多い。そしてそのまま全世界規模で言語が統一されていたりする。

・ゼリータイプの補給食品

忙しい社会人の味方と謳う、現代社会で手軽にお目にかかれるディストピア食品。あくまで補助するものであって食事はちゃんととった方がよい。これは主食ではない。

・ブロックタイプの栄養食品

栄養管理が楽なカロリー数が計算しやすい例のアレ。これも主食ではない。ライフポイントも回復しない。

第六話　白百合と不思議な果実

はっと目を覚ますと、すでに朝日が東の際に見え始めていました。

森の木々を透かすようにして、山吹色の陽ざしが瞼《まぶた》にささりました。

焚火を見れば絶えることなく燃えていますから、覚えはないですけれど、なんとか心地よい眠りに抗って薪をくべることに成功したようです。無意識のうちにこなしてしまうとは、自分の才能が怖いですね。

朝食として昨夜の残りのお鍋を食べ終え、私は手早く片づけを済ませました。

昨日食べ過ぎたのでしょうか、それとも朝だから特にお腹が空いていたのでしょうか、思ったより量が少ないように感じました。まあ、あのような幸運はそう続かないでしょうから次のお肉が今から恋しくてそんな思いにもなったのでしょう。

若干の物足りなさはありますけれど、それでもお肉はお肉。昨日までの沈んだ気持ちはきれいに払われ、希望と活力がムンムンとわいてくるではありませんか。

鎧を絞め直し、靴紐を結び、鞄を背負って剣を帯び、私は再び森の中を歩き始めました。

境の森は名前の通り、境界として辺境と内地を東西に分断する、南北に長い森です。その広大さのため森の北と南では植生も、住まう動物の種類も異なってくると聞きます。

また、南北に長いとは言っても、東西には短いというわけでもなく、街道を利用せずに突っ切ろうとすればそれなりの行程となるのは確かです。身をもって体感しています。

事前に聞き調べたところによれば、北よりの中心に近いこのあたりは、角猪《コルナプロ》のように毛のある獣や、鹿雉《ツェルボファザーノ》のように羽のある獣、狼蜥蜴《ルポラツェルト》のように鱗のある獣が入り混じるのだとか。

もっと南にいくと鱗獣が増えてその体も大きくなり、一方で毛獣や羽獣は少なくなり、体も小さくなるそうです。北は逆に毛獣や羽獣が増え、その体もやはり大きくなると聞きます。

他には全域を通して蟲獣も多く、特にかたい殻の中に良質な肉を持つ動きの遅い大甲虫《グランダ・オニスコ》や、地上では目の利かない螻蛄猪《タルパプロ》などは狩人のよい獲物だそうです。どちらも私が一人で仕留めて解体するには大きすぎる獣ですね。

昨日の角猪《コルナプロ》のように獰猛な獣も多くはあるようですけれど、魔力を使う魔獣の類はそれほど多くはなく、きちんと準備をして挑めばそれほどの危険はないそうです。もちろん、まったくいないわけではないので気を抜いていいわけではありませんけれど。

まあ、私の場合はおつきの侍女を撒いて一人旅の上に、きちんとした準備も覚悟もできていないままで来てしまっているので、精一杯気を付けていかなければ本当に危なそうです。

あののんきな兄が順調に旅を終えてけろっと帰ってきたので私にも簡単にできると思いましたけれど、あれでも兄は優秀で、それに連れもいましたからね。

うーん。反省しきりです。

さて、四日目となる今日は、良質なお肉をいただいたこともあってか、かなり元気よく進めているように感じます。やはりお肉、お肉はすべてを解決します。

調子に乗って勢いをつけすぎると後半でばててしまうのは目に見えていますけれど、調子のよいうちに進んでおきたいのは確かです。

もう森の半ばは過ぎているはずですので、この調子でいけば明日の夕方には森の際にたどり着き、明後日には森を出ることができそうです。

森を抜けても次の宿場町までまだかかることを考えると、今日明日はなるべく狩りをしておいしいものを食べたいもとい食料を節約したいところです。

食料は多めに持ってきていますけれど、煉瓦《れんが》のように固い堅麺麭《ビスクヴィートィ》や、味付きの木の皮みたいにからっからに乾いた干し肉など、あまり楽しくないものばかりです。保存食ですしね。

乾燥野菜なんかは、お鍋に放り込んでおけばすぐに戻ってくれるので便利なんですけれど、これも主体として食べるにはちょっと物足りなさが。

酢漬けの類なんかも持ってきたかったんですけれど、保存が利くとは言え乾物よりは足が早いですし、何より瓶詰はかさばるんですよね。

なので、やはり狩りです。お肉です。

とはいえ、狩りも簡単なことではありません。

いくらか経験はあるとはいえ、ここは勝手もわからない他所の森で、その上、弓もないし、移動し続けなので罠を仕掛けることもできません。

あ、いえ、野営するときにあたりに罠を仕掛けておけばよかったかもしれません。寝ている間に捕まってくれていれば、朝から獲物が手に入って労力も減るではありませんか。迂闊でした。今夜体力に余裕がありそうだったら試してみましょう。

ともあれ、今日の狩りです、狩り。

弓がないのなら作ればいい、と言えればいいのですけれど、これがけっこう手間です。

弓って見た目は単純に見えるんですけれど、あれでかなりの精密性が求められるんですよ。もちろん適当でいいならそこらの枝とかでも作れるんですけれど、適当な材料で適当なつくりになれば、当然精度も適当になります。そうなれば当然当たりません。

遠く離れた獲物を、一方的に仕留めることのできる精密器具。それが弓矢なのです。

ほんの少しの狂いでさえも、何碼《ヤールドィ》も何十碼《ヤールドィ》も離れた場所では呎《フート》単位でずれることになります。狙いが外れるならともかく、そもそもまともに飛ばないなんてことだって考えられます。

平民の狩人も持っているので勘違いする人もいるんですけれど、あの弓だけで一財産ですからね。良質な弓は立派な軍需品ですし、物によっては金属製の全身鎧一式より高くつくこともあります。

弓でそれなのですから、矢も当然精密性が必須で、素材を厳選して、職人が一本一本手掛けるので、消耗品なのにお高いです。

どれくらい高いのかと言えば、矢は高くつくからそこらの冒険屋を傭兵として雇った方が安上がり、みたいなことがしばしばあります。

さすがに矢一本が人間一人より高いわけではないですけれど、人間一人の時給よりは高いです。まあ矢はいいところに当たれば一本で命ひとつと交換ですからね。つよいです。

教訓話としてはよく、弓の名手だった領主が矢を射すぎて家を傾けたとか、戦で弓兵が活躍した結果、その戦場では勝ったけど矢代が賄《まかな》えなくて滅んだとか、うっかり外してしまった矢をなんとか回収しようとして崖に落ちたとか、実際にあったのかどうかはわかりませんけれど十分ありそうな話があったりしますね。

そんなわけですので、手持ちの道具とそのあたりで拾えそうなもので作ると、手間のわりに実用性に乏しそうなものしか作れそうにありません。元々あまり弓が得意ではなかったので、そういう技術も磨いていないのです。

では投石紐はどうでしょう。これは簡単なものであればすぐできます。適当な布を用意して石でも拾えばいいですから。当たれば小動物など一撃でしょうけれど、問題は命中率が低いことです。なにしろ弓以上に使用者の技量がもろに出てきます。

弓は、弓も矢も形が決まっていて、使用者も型を守れば、ある程度の命中率が期待できます。

しかし投石器はもう、もろに使用者の慣れと技量がものを言います。何しろ極論すれば一枚の布と石でしかありません。それを回転させることで遠心力を稼ぎ、その力で遠くまで飛ばすというものなのです。

なので、きちんと作った投石器に形をそろえた専用の石を用意しても、まったく同じ型を再現するのは困難です。まったく同じ回転、まったく同じ拍子で、まったく同じように石を放たなければ同じようには飛びません。

弓と同じように聞こえるかもしれませんけれど、弓は極論、静止した型を真似すれば同じように飛びますけれど、投石器は常に動いている型を模倣しなければなりません。

まあこのあたりは私の得手不得手も関係してくるので人によるかもしれませんけれど。

まあ、難しい分だけ極めればすごいというのでしょうか、投石器を極めれば、弓よりも場所を取らず、矢も選ばず、走りながらでも問題なく投石ができる、らしいです。

慣れたものならば百発百中と行くのでしょうけれど、あいにくと私はさっぱりです。重さも形も整っていない石を当てる自信はありません。

となるともう直接石を投げるか、はたまた小刀か斧でも投げるか、となりますけれど、うーん、まあ、できなくはなさそうですけれど、どれにしても狙い通りに投げる自信はありません。投石器でダメなものをそのまま投げてどうにかなるというのも雑な考えです。とにかく遠くにぶん投げるというだけなら得意なんですけれどね。

フムン。

「打つ手なしですね」

自分の使えなさに涙が出そうです。

けっこういろいろできるつもりでいたのですけれどさっぱりです。

近くにさえいれば自慢の剣の腕や剛力を振るえるのですけれど、獲物となるような動物は警戒心も強いので、近寄らせてはくれないでしょう。剣で鳥とか狩るのは無理があります。

もし近づける相手がいるとすれば、それは向こうからこちらに寄ってくる、つまり人間くらいは蹴散らせるか、捕食対象としてバリバリ食べてしまえるような、強気で襲いかかってくるような強い獣たちです。

昨日の角猪《コルナプロ》のように大きなものだと、私一人ではちょっと相手したくないですし、話に聞いていた猛獣たちも一筋縄ではいかなそうです。戦って勝てないなどとは決して言いませんけれど、余裕で勝てる、楽勝だなどとも言えません。

仮に勝てたとしても、それで疲れたり、ましてけがなどしたら、こんな森の中では医術の心得のない私にはどうすることもできないのです。

お肉を得たいがために満身創痍《まんしんそうい》になって、森の中で動けなくなってしまっては、たまったものではありません。本末転倒です。

いまになってつくづく、おつきの女中を置いてきたことを反省します。彼女の存在が私をどれだけ支え、守ってくれたことでしょうか。

いやまあ、だからこそ撒いたんですけれど。

せっかくの旅だというのに上げ膳下げ膳整えられて、あらゆる危険や面倒から遠ざけられると、さすがにこう、ダメになるなと、そういう危機感があったんですよ。とっても感謝はしていますし、彼女との旅はとっても楽しいものでしたけれど、それはそれと言いますか。

ちゃんとそのあたりを口で伝えて諭《さと》すべきだったのかもしれませんけれど、口のうまさでも負けているので、難しかったのです。自覚があってやってるのが厄介ですね、彼女は。

……諦めて木の実やキノコ、運がよければ間抜けな小動物で我慢しましょう。

私は歩きながら視線を巡らせ、木の実がなっていないか、また下生えの陰にキノコが生えていないか、気にしながら進んでいきました。

もちろん、馴染みのない森で、そうそう簡単によいものばかりが見つかるわけではありませんけれど、初夏の森には生き物だけでなく恵みも満ち溢れているものです。土まで凍るような辺境でさえもそうなのですから、あたたかな内地ではかなり期待できそうです。

ほとんど獣道のような細道を、下生えをかき分けながら進んでいく中でも、私は道々いくつか実りを見つけては取っていくことができました。

ほどよい日陰の木々を覗けば、私にも見分けられる食用のキノコがいくつか見つけられました。

キノコの類は見分けるのが難しいので、慣れたものでもうっかり毒キノコと間違えることもあるのですけれど、このキノコは大丈夫です。万一毒キノコの方と間違えても、ふだんからうっかり食べ慣れているので毒に耐性が付きましたから。

よい子は真似してはいけませんよ。たぶん死にます。

美しい紫の花を咲かせる螺旋花《ヘリカ・フローロ》のそばでは、蜜を求めてひらひらと美しく飛び交う玻璃蜆《ヴィトラ・コルビクロ》をいくらか捕まえることができました。

「ふふふ、いい出汁が取れそうですね」

あちらこちらへと飛び回っている時の玻璃蜆《ヴィトラ・コルビクロ》は少しの風でもひらりひらりと舞うので簡単には

捕まえられませんけれど、蜜を吸っているところに布や袋をかぶせると比較的楽に捕まえられます。虫取り網とかあったらもっと簡単なんですけれど、さすがに持ってきていません。

また運がよいことに、木のうろに兎百舌《レポロラニオ》の巣を見つけ、捕まえることができました。

兎百舌《レポロラニオ》は虫や蜥蜴など、自分より小さな動物はたいてい何でも食べるのですけれど、お腹が空いていなくても動いているものを見つければ捕まえてしまい、巣の近くに集めて枝に刺してため込む習性があるので見つけやすくはあります。

しかしあごの力が強く嘴が鋭いので、丈夫な革の手袋をしていても下手すると大怪我をしかねません。木の棒とかを噛ませてその隙に絞めるのがよいでしょう。

こつは引っ張り出したらすぐに絞めることです。噛んだら噛みっぱなしということはなく、すぐにこちらの手を噛んでこようとしますからね。指の欠けた猟師が以前教えてくれました。説得力があります。

そんな具合になかなかの収穫に心も弾んだのか、予定よりもよく進めたように思います。

足取りも軽く私は次の野営地を見つけ出し、手早く竈《かまど》を組んで鍋を構えました。他にもいろいろしなくてはならないことはありますが、まずは竈です。まずは鍋です。ごはんは何より大事です。

さあ、せっかくいろいろ手に入ったのでおいしくいただきましょう。

水を張った鍋にまだ生きたままの玻璃蜆《ヴィトラ・コルビクロ》を沈め、蓋をして火にかけます。

このとき蓋に重しとして石を置いておきます。玻璃蜆《ヴィトラ・コルビクロ》に蓋を落ち上げるほどの力はありませんけれど、それでも一時に飛び上がったら蓋がずれて、逃げられてしまうかもしれませんから。

湯が沸くまでの間に、私は捕まえた時にしめて血抜きをしておいた兎百舌《レポロラニオ》をばらします。

ふわふわと柔らかな羽をむしり、血のついていないところは袋にまとめておきます。この羽はとても暖かく防寒に優れますし、柔らかいので割れ物を包むにもよいのです。売るにはちょっと渋いですかね。子どものお小遣い程度でしょうか。

腹を裂いて内臓を取り出し、もったいないですけれど処理が大変なので、穴を掘って捨ててしまいます。内臓を取り出した腹は水筒の水で軽く洗い、骨を外していきます。腿と左右の身に分けたら、木の枝にさして竈の火で皮目を炙《あぶ》り、残った羽を焼いてしまいます。

そうしている間に湯が沸いてくると、鍋からかちかちかんかんと、玻璃蜆《ヴィトラ・コルビクロ》が逃げようとしては蓋にぶつかる音が聞こえてきます。あまり激しいと殻が割れてしまうのですけれど、このくらいなら大丈夫そうです。

すっかり音がしなくなったら、石をどけて蓋を取ります。すると途端に素晴らしい香りが立ち上りました。玻璃蜆《ヴィトラ・コルビクロ》の身は小さく、殻からいちいち取り出して食べるのは大変ですけれど、こうして火にかけるととてもよい出汁《だし》が出るのでした。

その馥郁《ふくいく》たる香りは、湯気だけでもおいしさを感じます。まあいくらおいしくても湯気ではお腹が膨れませんので、具材も入れていかなくては。

このままお吸い物にしてもいいくらいのよい出汁ですけれど、今日は兎百舌《レポロラニオ》が主役です。

表面をあぶってうま味を逃がさないようにした肉を、食べやすい大きさに切り分けて鍋に放り込み、香草をいくつか、それにキノコを加えて煮込みます。今日は胡桃味噌《ヌクソ・パースト》は使わず、出汁のうまみとほんの少しの塩だけで調えます。

胡桃味噌《ヌクソ・パースト》はこれさえあればだいたい何でもおいしくできる力強さがありますけれど、いつもいつもでは飽きが来てしまいます。飽きるだなんて贅沢に思うかもしれませんけれど、これがなかなか馬鹿にできません。

ひとは馴染みのないものに不安を覚えると同時に、同じことが続くと退屈を覚えてしまう複雑で面倒な生き物なのです。同じように見えても少しずつ違う日々、新しいことのようで今までと地続きの明日、そういうほどよい塩梅《あんばい》のところでひとはこころの健康をたもてるのです。

なんかこう……なんかそういうのがあるらしいんですよ。

ひとが厳しい自然の中で生きていくうえで、なんかこう、あるんですって。

すでに安全を確認した環境や状況で安らぐことで生活を安定させられて、未知に好奇心を抱き新しいことに挑戦していくことで生存環境を広げられるみたいな、そういう、理屈が。

まあ詳しいことはよくわかりませんけれど、そういう心の働きは馬鹿にできないものなのです。

毎日同じものを食べて同じ生活をしても全然飽きないという人もいるとは聞きますけれど、私は少しずつでも変化がないと苦しくなってしまいます。

こうしてことことお鍋の火加減を見守り、どんな味に仕上がるかなとワクワクする時間は私の心に活力を与えてくれるように思われます。

そのようにほどよく煮込んで日も暮れた頃に、いい具合にお腹も減って、いざ実食です。

まずは出汁を一口。

胡桃味噌《ヌクソ・パースト》のような濃厚な味わいではなく、しかししっかりとしたうま味が舌に感じられました。むしろ、塩と出汁だけの単純な味わいは、うま味の繊細な輪郭をはっきりと描き出しているように思えます。

玻璃蜆《ヴィトラ・コルビクロ》の小さな身の中にギュッと詰まったうま味が、螺旋花《ヘリカ・フコーコ》のどこか甘い香りとともに広がりました。そしてまた兎百舌《レポロラニオ》の出汁もよいです。玻璃蜆《ヴィトラ・コルビクロ》だけでは、堅実ではあるけれど少し弱い。

しかしそこにじわじわっと兎百舌《レポロラニオ》のもつさっぱりした脂と肉のうまみが加わり、深みが出ています。

そっと取り上げた腿肉にかぶりついた時のこの感動を何と言いあらわしたものでしょうか。

胸身のあたりでしょうか、ぴん、と張った皮を歯が食い破ると、その下のぎゅうと詰まった身が柔らかく、しかししっかりと歯を受け止めてくれます。それをえいやっと力を込めてかじると、顎に染みるようなうま味が込み上げてくるのです。これ以上煮込むとぱさぱさと身が硬くなってしまう、その少し手前の心地よい歯ごたえです。

また腿身の弾力のある歯ごたえもなんともいえず味わい深いものがあります。うまみ自体は、胸身よりも強いように思われました。脂のコクのおかげでしょうか。

兎百舌《レポロラニオ》だけではちょっとたんぱくな味わいですが、そこを玻璃蜆《ヴィトラ・コルビクロ》の出汁が支えてくれます。うまみとうまみ、ふたつのうまみが互いに引き立て合って高めあうのです。

意地汚いとは思いながらも玻璃蜆《ヴィトラ・コルビクロ》の小さな殻から身をほじってみれば、よく締まってぎむぎむとしたしっかりした歯ごたえ。ああ、ものを食べるってこういうことなんだなあという喜びを顎を通して伝えてくれます。またそうしてじっくりと噛み締めていくと、苦みを含む複雑な滋味《じみ》がじんわりあふれてくるのです。

そしてキノコ。忘れたころにちょっと鍋の中から顔を出すこいつをすくって食べてみると、さっくりとした歯応えが、貝の身を噛むのに頑張っていた顎になんとも優しい。そしてまたほろほろ崩れながら中にたっぷりと染み込ませた出汁を溢れさせては、食欲を掻き立てるのでした。

味があっさりとしているものですからついつい食べ過ぎてしまいそうになりましたが、ここは我慢、我慢の時です。旅のさなかに食べ過ぎて動けなくなってしまっては、あまりにも無防備な姿をさらすことになってしまいます。

まあ、私は食べ過ぎて動けなくなったことってないんですけれど。

昔からよく食べ、よく動き回る子でした。

残りは朝ごはんにしようと、昨夜と同じように布で巻いておき、さて寝る準備でもと思ったところで、私は不思議なものを発見したのでした。

それはたぶん、鞄から毛布を取り出そうとちょっと顔を背けた瞬間のことでした。

毛布を取り出してさあ寝やすそうな場所をと見まわして、私は竈のそばについ先ほどまではなかったはずのものを見つけたのです。

それはなにやらつやつやと赤い、果実のようなものに見えました。

そっと近づいておそるおそる拾い上げてみると、へこんだ部分から飛び出ているヘタと言い、確かに何かの果実のようでしたけれど、このような果実ははじめて見ました。

林檎《ポーモ》に似ていますけれど、林檎《ポーモ》よりも大きくて、片手にはあまります。見た目もきれいな球状で、色は驚くほどあざやかな赤色。磨きでもかけたかのようにつやつやとした表面には傷らしい傷の一つもありません。

あるいは貴族の果樹園で育てた林檎《ポーモ》の品種なら、これほど見事で立派な果実をつけるのかもしれませんけれど、よほどに手間をかけなければいけないでしょう。

私はあたりを見回してみましたけれど、木の実のなるような木は見当たりません。ましてこんなに綺麗な木の実がどこかから転がってきたというのはとても不思議な話でした。

森の魔物か、悪戯好きの妖精《フェーオ》が、私をからかおうとしているのでしょうか。

どちらもおとぎ話の中でしか聞いたことはありませんけれど、本当にいないのかと言われると誰も確かめたものはいないのです。

不安に思いながらすんすんとにおいをかいでみると、これがまた得も言われぬ甘酸っぱい香りが胸いっぱいに広がって、私はたちまちとりこになってしまいそうでした。

このとき、罠を警戒して剣の柄をしっかりと握りしめた私を褒めてください。

そして罠なら罠ですでに後手なのだから食べるだけ食べてしまおうという欲望に負けた私のことは忘れてください。

何しろそれは、それだけ魅力的な匂いだったのです。

甘い匂いにつられて果実に歯を立てると、しゃくりと実に軽やかな歯ごたえとともに、あっさりと実が口の中に転がり込んできました。何という柔らかさでしょう。

また、歯を立てた途端にあふれてくる果汁のなんと豊かなことでしょう。

それは確かに林檎《ポーモ》でした。しかし私の知るどんな林檎《ポーモ》よりもおいしい林檎《ポーモ》でした。

ほとんど表面に絵の具でも塗っただけといったような薄い皮の内側には、罪深ささえ感じるほどに美しく真っ白な果実がのぞいていました。それがじわっとあふれてくる果汁に濡れているところなど、たとえ罠でも後悔はないというほどのあでやかさでした。

私はもう夢中になってその不思議な果実にかじりつき、真ん中に残った種の、本当にぎりぎりのところまで丁寧に身を食べつくしてしまいました。

ほう、と漏らしたため息さえ甘い香りで、これは夢か何かなのだろうかと思うほどでした。

それはまったく私の知る林檎《ポーモ》とは別物と言っていい味わいでした。林檎《ポーモ》以外のどんな果実でも、これほどの味わいはいまだかつてありませんでした。

驚くほど甘いのに、後味はあくまでもさっぱりとしていて、後を引くということがありませんでした。またほどよい酸味が甘さの中にあって、そのおかげもあってついつい次の一口を、また次の一口をと急かされるようでした。

私はしばらくの間余韻に浸ると、残った種を丁寧に包んで鞄に大事にしまいました。これはなんとしてもどこかで育てて、また食べたいものです。
これも何かの思し召しと、指を組んで境界の神プルプラに祈りを捧げ、私は満たされた心地でゆっくりと寝入ったのでした。

用語解説

・鹿雉《ツェルボファザーノ》（Cervofazano）
シカキジ。四足の鳥類。羽獣。雄は頭部から毎年落ちては再成長する枝角を生やす。健脚で、深い森の中や崖なども軽やかに駆ける。お肉がおいしい。

・狼蜥蜴《ルポラツェルト》（Lupolacerto）
オオカミトカゲ。四足の爬虫類。鱗獣。耳は大きく張り出し、鼻先が突き出ており、尾は細長い。群れで行動し、素早い動きで獲物を追い詰める。肉の処理がひと手間。

・大甲虫《グランダ・オニスコ》（Granda onisko）
ダイコウチュウ。大型節足動物。蟲獣。人間が乗れるくらい巨大なワラジムシを想像すると早い。甲は非常に頑丈だが、裏返すと簡単に解体できる。動きが遅く、肉が多いので、狩人にはよい獲物。

・螻蛄猪《タルパプロ》（Talpapro）
ケライノシシ。蟲獣。半地中棲。大きく発達した前肢と顎とで地面を掘り進む。が、わりと浅いところを掘るのですぐにわかる。土中の虫やみみず、また木の根などを食べる。地上では目が見えず動きが遅いのでよく捕まる。

・碼《ヤールド》（jardo）

現地の慣用単位系の長さの単位の一つ。三呎《フートィ》。一碼《ヤールド》は正確に〇・九一四四メートル。口語的に「何歩の距離」というときの一歩分はこの碼《ヤールド》にあたるとされる。

この慣用単位系、いわゆる帝国単位系は人族由来の単位系であり、しばしば他種族から「お前ら十進法知らねえのか」と言われる所以《ゆえん》となっているとかいないとか。

なお、その他種族の単位系が現代では廃れているあたりそちらもお察しである。

・螺旋花《ヘリカ・フローロ》（Helikafloro）

ラセンカ。レオナルド・ダ・ヴィンチのヘリコプター図案のように、らせん状に花弁を広げる花。甘い蜜を蓄える。

・玻璃蜆《ヴィトラ・コルビクロ》（Vitrakorbikulo）

飛行性の二枚貝。ハリシジミ。主に花の蜜などを吸う。産卵や休息などは水中で行う。基本的にどの地方にも住むが、好んで吸う花の蜜などによって味わいの違う、地方色が出やすい食材。

・兎百舌《レポロラニオ》（Leporolanio）

ウサギモズ。四足の鳥類。羽獣。ふわふわと柔らかい羽毛でおおわれており一見かわいいが、基本的に動物食で、自分より小さくて動くものなら何でも食べるし、自分より大きくても危機が迫ればかみついてくる。早贄《はやにえ》の習性がある。

・林檎《ポーモ》（Pomo）

バラ科リンゴ属セイヨウリンゴ。品種改良も盛んだが、現地で栽培される品種の多くはまだ原種に近いのか小ぶりでやや歪《いびつ》な実をつけ、酸味が強い。生食の他、乾燥させて保存食にもされ、醸造して酒にもなり、また現地では硬水が多いことから飲用水がわりにもなり、広範で栽培されているようだ。

・魔物／妖精

奇妙なもの、不思議なものに何かしらの理由を求めて擬人化した概念。

魔法などが存在する現地においてなお、妖精やその住まう国というものはおとぎ話の類で、ほとんどまともに観測されたためしはない。

というより、何かしらの神性や精霊のふるまいを正しく認識できていない場合に、人々がその不思議な情景に物語を添えてみたようなものがだいたいの魔物や妖精話ということになる。

人格の曖昧な下級の神性などがしばしば魔物や妖精として扱われる例はある。

第七話　亡霊と白百合の歩み

さて、夜が明けると、少女は慌てて飛び起きた。

手早く鍋の中身をかきこんで、あの魔法の水筒の水で洗い、荷物をまとめて旅を再開する。

朝からずいぶん賑やかなことだ。私も朝はあわただしい方だけど、少女の朝はなんだか生きてるって感じのにぎやかさだ。逆説的に私の朝は死体が墓から出てくるタイプのやつだった。

あの猪肉をたっぷりと食べたせいか、心なし少女の足取りは軽そうだ。私にはいささか硬すぎる肉だったけれど、この娘は実に満足そうにぎゅむぎゅむと噛み締めていたし、気力も十分回復していることだろう。朝ご飯もしっかり摂ったことだし。

一方の私だけれど、一晩寝ずに過ごしても、やはり眠気は訪れなかった。徹夜明けのハイになっている、あの馴染み深い感じでもない、あくまでフラット。

また、この世界で目覚めてからこっち口にしたものが、昨夜鍋の中身を少しついたのみだけれども、やはり空腹感も別に感じない。

もともとそんなに空腹を感じないというか、食事への欲求があまりなかったけれど、本格的に何も感じない。腹が満ちているわけでもなく、空いているわけでもない。つとめて意識しないとお腹のことなどまるで忘れてしまうくらいだ。

仮に目をつむってじっとしていたら、この体自体が存在しているのかどうかすら不安になる。

まあ、便利ではある。食事に煩《わずら》わされるのは時間の無駄だ。ああ、いや、時間の使い方には困っているんだった。

とはいえ、一晩ぼんやりするという私史上かなりショッキングな出来事があったためか、少し頭が切り替わったようにも思う。

少女の後ろを歩いている時も、特に急かされるような気持ちも急かしたい気持ちも起こらないし、周囲の景色を眺めていろいろと発見をすることもあった。

たとえば何気なく通り過ぎていく木々なのだけれど、よくよく見ると葉の形や枝ぶりが、見たことのないものが多い。

まあ私もそんなにいろいろ植物を見たことがあるわけではないけれど、以前図鑑でざっと見た感じとは明らかに違うものがちらほらとみられたりする。これが単に私の知らない植物というのならいいんだけど、少なくとも私は自分の力でずるずる這い回る蔦とかは聞いたことがない。

しかして、その見知らぬ植物の合間に、見たことがある地球の植物っぽいのもちらほらみられるので、判断に困る。さすがに見た目が似てるだけなのか中身も一緒なのかは判断がつかないけど、収斂進化は世界をまたいでも通じる理屈なのか。

あるいは……はてさて。

少女は採集をしながら歩いているようで、不意に屈みこんだと思ったら木の根元に生えているキノコを採り始めたり、私には雑草にしか見えない草を摘んだりしていた。まあこのくらいなら山菜取りのおばあちゃんとかもしていそうだけれど、中にはぎょっと目を見張るようなものもあった。

たとえば、まっすぐ伸びた太い茎からひらひらと布状の花びらを螺旋状に広げる花が咲いていた。これはこれ単体でもけっこう観察しがいのある花だったんだけど、そのそばをひらひらと舞う蝶々に少女が目を付けた。

少女と蝶々の組み合わせって、まあ絵になるよね。

きらきらと不思議に煌めく蝶々を見て、少女はぱあっと花開くように微笑んだ。煌めく蝶々と戯れる妖精みたいな少女。いいと思います。気持ち悪いな私。

まあそんな感じで眺めてたら、少女は少し大きめの革袋を取り出した。何するのかと思えば、花に止まって蜜を吸い始めた蝶々の上にえいやッとかぶせたのだ。

虫取りなんて子どもらしくていいなあ、私は一度たりともしたことないし虫なんか触りたくもないけど、と微笑ましく見守っていたのだが、にこにこ笑顔で少女が袋を覗き込むと、なにやらかちゃかちゃと硬質な音がする。

それ蝶々だよね？

それ蝶々だよね本当に？

不気味に思って少女の後ろからのぞき込むと、きらきらと美しくきらめくシジミがいた。

シジミである。

二枚貝綱異歯亜綱シジミ科の二枚貝。

……に分類されるやつかどうかは知らないけど、私のよく知る、食べたこともある、淡水にすむ二枚貝のシジミに見える。少なくとも海水ではないからアサリではないと思う。問題はそこではないけど。

ガラスのようにきれいな光沢をもつ、空飛ぶシジミがそこにいた。

何を言っているかわからないと思うけれど私もわからない。

なんだこれと思っていると、そのうちの一つが隙をついて飛び出して、少女は慌てて袋の口を縛った。袋から抜け出したシジミは、はたはたと薄く綺麗に輝く殻を羽ばたかせて飛んでいく。殻をはばたかせて？？

航空力学仕事しろ。

ルリシジミとか、シジミって名前につく蝶々がいるのは知ってるけど、本当にシジミが飛ぶんじゃないよ。

おそらく何がしか未知の物理法則かファンタジー原理で飛んでいく飛行シジミを見送り、私は少女の笑みの理由を悟った。子どもらしい昆虫採集の笑顔じゃない。いいおかずが手に入ったわっていう笑顔だ、これ。

まあ、二枚貝だし、食用になる、のか。

それ食べるの～？という気持ちがだいぶもたげてきたが、いやまあ、これが現地の食文化なのだろう。貝だしな。うん。なんかしゃくぜんとしないけど。

その後も少女は順調に食欲を満たすために行動していた。

いやまあ、現地調達するほかないとなればそれは正しい行動なんだろうけど。採取のわりあい多くない？とは思う。

なんかおもむろに木のうろに木の棒を突っ込んだかと思えば、それにかみついた兎みたいな小動物を引きずり出して、流れるような手つきで首の骨を圧し折り始めた時は悲鳴が出るかと思った。まあずいぶんお喋りしてないからとっさに声も出ないけどね。

かわいらしい笑顔で小動物を絞めて血抜きする姿はさすがに怖い。かわいくて怖い。これがこわいってやつか。

獲物も豊富でご機嫌な少女は、やはり一時間歩いて十分休んでのペースを守って歩き続け、ほどよく開けた場所をキャンプ地に選んだ。

キャンプ準備の光景も二度目となると慣れたけれど、どうしても慣れないこともあった。

それが穴掘りだ。穴掘りっていうか、その後っていうか。

少女がおもむろにシャベルで地面に穴を掘り始めるのを見て、私はそそくさと背を向けて、少しの散歩に出た。

昨日は何の穴だろうとしばらく観察して大変申し訳ないことをしてしまった。

だってまさかトイレ用の穴だとは思わないじゃないか。

でもまあ、そりゃそうだよね。生きてれば食べるし、食べれば出すものだ。健康です。つくづく気持ち悪い発言が続くな、私は。

私の方はこの世界に来てからこっち、全然そういう欲求がなかったのですっかり忘れていた。猪鍋をちょっと食べたからそのうち出るかもしれないけど、果たして体内が人間と同じかどうかは私にもわからない。

適当にぶらついて時間を潰し、戻ってくると調理が始まっていた。

少女は鍋に例の飛行シジミを放り込んで火にかけた。

ああ、やっぱりそれ食べるんだと思っていると、蓋の下からかんかん音がする。逃げ出そうとしてるんだろうなあ、あれ。酔っ払いエビみたいだ。むかし漫画で読んだやつ。生きたエビをお酒に漬けると、嫌がって跳ねまわるんだよね。

飛行シジミを茹でてる間に少女は道中捕まえた小動物をさばき始めた。

えぐいなとは思うけれど、血抜きのために首を裂いた時も見てて少し慣れたし、怖いもの見たさもあって挑めていると、解体以前にカルチャーショックがあった。

兎っぽいと思っていたのだけれと、これ、鳥だ。ごついくちばしがある。

兎と鳥を足して割ったような感じ。四つ足の鳥というか。

一度翼を獲得した生物は、翼が退化して飛べなくなっても、改めて前足を獲得し直すということはないという話を以前に聞いたことがあるから、恐竜が翼を獲得する方向に進化しないで、羽毛だけ発達させていったらこういう感じになるんだろうか。

羽毛がかなりふわふわの体毛になっているらしくて、少女がぶちぶち引き抜いていく羽は綿みたいでかなり柔らかそうだ。足先なんかは完全に鳥で、前足などは風切羽の名残のような羽が伸びている。うーん、そうなるとかつては翼があったのかな、妙な進化だ。それか、恐竜から鳥への進化の中間にある感じなのかな。謎だ。

羽をすっかり毟《むし》ってさばく段階に入ると、なんとなく鶏っぽくも感じる。

手慣れた様子で解体して、皮目を火であぶっているのは、羽の根っこの部分を焼いているのかな。

鍋から音がしなくなって、少女が蓋を開けると、ふわっと懐かしい香りがした。お出汁の香りだ。もう何年も飲んでない、シジミ汁の香り。その出所が航空力学を鼻で笑うような飛行性二枚貝であることを思うと脳がバグりそうになる。

兎もどきの肉を切り分けて、キノコとともにしばらく煮込む少女。今日は味噌みたいなやつは使わずあっさり塩味にしたようだった。

ほどよく煮込んだ鍋に、やはり笑顔でスプーンを突っ込むのはキャンプ飯の醍醐味というやつだろうか。

猪鍋の時にとろみつけのために砕いて入れていたビスケットのようなものも、たまにスープに浸して柔らかくして食べていた。

こっそりお相伴にあずかろうかなとも思ったけれど、ジビエだけあってやっぱり歯応えがありそうにぎゅむぎゅむ幸せそうに噛み締めているし、食べ盛り育ち盛りの子どもから頑張って獲った食べ物をかすめ取るのも申し訳なく感じて遠慮しておいた。

昨日はあんまり美味しそうに食べるからついつい手を出してしまったけれど、別にお腹が空くわけでもないし、幸せそうに食べている姿を見ていると、まあいいかなという気分にもなる。

半分ほど平らげた少女は、ちょっと物足りないという顔をしながら、昨日と同じように鍋を保温し始めた。私からするとそのお鍋はけっこうなサイズなんだけど、まあ食べ盛りなんだろう。私も子どもの時はよく食べたものだ。小柄な彼女と違って、子どものころからデカかったけど。

私はふと思いついて腰のポーチを探ってみた。

セルフ・チュートリアルで判明したけど、このポーチはインベントリになってる。ラノベでよく見るアイテムボックスだ。見た目は小さいけど、それなりの量のアイテムや装備品が収納されている。

私のプレイしていた《エンズビル・オンライン》ではアイテムに重量が設定されていた。キャラクターの力強さ《ストレングス》や、装備に付与されている軽量化効果などから計算される所持重量限界があって、低レベルの内は装備も含めてどんなアイテムを持っていくかかなり厳選を迫られる。

私の場合、力強さ《ストレングス》は全然育てていないけれど、それでも最大レベルだけあってかなり豊富なアイテムを所持している。

私が取り出したのはその中の回復アイテムである《濃縮林檎》というものだ。

普通の《林檎》は低レベルの内からも手に入る手軽な回復アイテムだけれど、《濃縮林檎》は高レベル帯の植物系モンスターからしか手に入らない、《HP《ヒットポイント》》を大きく回復させてくれるアイテムだ。

加工すれば《濃縮林檎ジュース》という重量が軽くて回復量も高いアイテムにできるけれど、面倒だったのでそのまま持っていたのだ。

私はそれをそっと竈のそばに転がしておいた。

ポーションなんかでも回復はするだろうけれど、突然薬瓶なんか転がってても怪しいし、第一お腹が満たされないだろう。その点、果物なら森の中に落ちていてもおかしくはないし、食べれば満足もすると思う。

まだ子どもなのに、こんな森の中をひとりで旅しているとなれば、元気にふるまっているように見えてもきっと疲れもたまっていることだろう。枝を払ったりするときに、頬に擦り傷ができてたりもする。

腹の足しになって、舌にも嬉しい甘いもので、体力もたぶん回復するとなれば、影ながらのサポートとしては十分すぎるだろう。

……まあ、私のアイテムをこの世界の人間が摂取した際にどんな効果が出るのかという人体実験も兼ねている、というのは包み隠さず言っておこう。私はなにも善意だけの人間ではないのだ。

少女は《濃縮林檎》の存在に気づくと、あたりを見回して不思議そうに首を傾げた。

まあ、確かにちょっと怪しかろう。近くにそれらしい実が生っている木はないからね。私だってそれくらいわかる。でも短い付き合いながらこの娘のことは少しわかってきていた。

少女はやはり、気にしながらも《濃縮林檎》を手に取り、半分くらい警戒心を置き去りにして、わずかの葛藤を済ませるやじゃくじゃくとおいしそうに食べ始めた。

旅の中では甘いものはあまり手に入らないだろうし、ただの《林檎》よりも栄養価が高そうな《濃縮林檎》はさぞかしおいしかろう。

瞬く間に平らげ、種を押しいただくようにしてしまいこみ、ついには神にまで祈り始める姿に笑い死にするかと思ったが、幸いこの程度では私の《HP》《ヒットポイント》は減りもしなかった。笑い過ぎて体力減ったらそれはもう仕様とかじゃなくてバグだろ。

少女がぐっすりと眠りに落ちると、私はこの退屈な夜長をどう過ごすか思索《しさく》にふけった。

どうしてこんなことになったのかとか、この体は何なのかとか、この世界は何なのかとか、たぶん考えなければならないことはたくさんあるのだけれど、でもそれらは考えても意味のないことでもある。答えは私の中にはない。だから目先のことを考えた方が建設的だ。

私は焚火に薪をくべ、少女の頬をつつき、あたりをうろつきまわり、ポーチの中身を検め、《技能《スキル》》の扱いがどう変わっているのかを確かめ、一人時間を潰した。

少女が苦労して仕掛けた罠は、器用に餌だけ抜き取られてあまりにも哀れだったので、そこら辺をうろついていたカモノハシみたいな小動物を捕獲して罠にかかったように見せかけておいた。

生き物を捕まえるなんておっかなびっくりではあったけど、《隠蓑《クローキング》》を使えば簡単な話だった。

ついでに暇だから観察してみたけれど、カモノハシとしては嘴《くちばし》が短く硬い。尾は細長く、足はちょろちょろ動き回りやすそうな小さなものだ。そしてやはり羽毛や翼の名残みたいなのがある。

前の世界ではペットなんて飼ったことがなかったし、動物に触れる機会などなくてちょっと緊張したものだったのだけれど、この体は私の思うとおりに動いてくれて、うっかり握りつぶすということもなく繊細に捕まえられたのに驚いた。

頭で気持ち悪い触りたくないと思いながらも、手の方では機械的に仕事をこなしてくれるのだ。しばらく弄っているうちに慣れてきたし、存外私も図太い方なのだろうか。いやでも手袋越しじゃなくて素手だったら絶対無理だけど。ちゃんと手も洗うけど。

いや、かわいいはかわいいと思うよ。小動物。でもそれと、野生動物だし汚いなっていうのは別問題だ。姿の見えない何者かに捕まれて混乱した様子は愛嬌があると思う。でもそれはそれとしてナマモノの生暖かさとか肉の感触にうげっとなったりもする。

生き物に触るのは、やっぱりちょっと気持ちのいい話じゃないんだ。なんか生きてるってだけで汚く感じるし、力込めたらつぶれちゃうかもって思うと小動物は特に嫌だ。大人になるにつれてそう言う傾向が強くなったのを感じる。

まあ、それでも観察できるくらいには落ち着いているのは我ながら意外だ。

メンタルが強くなってるのかなと考えて、そういえばレクサプロ飲んでないけどどうということもないことに気づいた。まだ薬の効果が残っているというよりは、この体は脳の構造も強くなっているのかもしれなかった。

そのようにしてぼんやり過ごして、長い長い一晩が過ぎた。

やはりまったく眠気が来ないまま朝が来たけれど、朝日が出てきても少女に起きる気配がない。

昨日も寝坊気味だったけど、今日は輪をかけて遅い。疲れはあるんだろうけど、《濃縮林檎》で回復してるはずだし、単に寝汚《いぎたな》いだけかな。

甘やかしたせいだろうかと思って揺さぶってやるとさすがに目を覚まし、寝坊したことに気づいたらしく大慌てで片づけを始めた。

どれだけ急いでいても朝ご飯を幸せそうに食べるので、たぶんこの娘と私の脳器質には相容れない違いが存在している気がする。そもそも人間に見えはしても、中身まで同じなのかは知らないけど。

いや、それは私のこのボディも同じじか。

罠に仕掛けておいたカモノハシもどきには喜んでもらえたようでよかったけれど、やっぱりその場でしめて血抜きするので笑顔が怖い。いや、この世界の常識的には普通の反応なんだろうけど。

というかなんにも考えずに近くをうろついてたのを捕まえたけど、ちゃんと食用として見られる獲物だったようでよかった。都会生まれ都会育ちで小動物見ても食べようとか食べられそうとか思うようなことがなかったので、なにが獲物になるのか判断がつかない。

私の知るカモノハシは少なくとも食用として見られることは一般的ではなかった。

そもそも蹴爪《けづめ》に毒があるしな。などという豆知識をいまさらになって思い出し、かなり迂闊だったなと反省しきりだ。あのカモノハシもどきに毒がなくて本当によかった。ないよね？

昨夜の《濃縮林檎》の回復効果があったのだろう、少女の足取りは非常に軽かった。

ステータスが見えないので《ＨＰ《ヒットポイント》》が回復したのか、回復したとして、ゲーム時代のように《ＨＰ《ヒットポイント》》最大量までしか回復しないのか、限界以上に回復してしまうのか、そのあたりのことはよくわからない。

まあ、そもそも現実の生き物が、数字通りの生命力を持つのかという話ではある。世の中には《ＨＰ《ヒットポイント》》が一しかないのにしぶとく戦う不死身じみたキャラもいるし。

しかしこの元気な足取りが少女の本来の身体能力なのだとすれば、いままではあれでもけっこう疲れていたのかもしれない。

めげる様子はなかったものの、やはり一人旅は疲れがたまるのだろう。冒険者は大変だね。こんな年頃の少女が一人旅っていうのも、なにかわけありなのかもしれない。

元気が出たおかげか非常にご機嫌で進んでいく少女の後を、私ものっそりついていく。

少女はずんずん進んでいくとは言え、小柄な彼女とのっぽの私ではコンパスが違い過ぎて、歩調を合わせていかないといけない。

昨日よりも余裕があるからか、少女は目についたものだけでなく、道々食材になりそうなものを積極的に探しては採取しているようだった。

私は樹上をするする移動していく山猫みたいな生き物や、遠くから聞こえてくる鳥か何かの鳴き声、そういったものに気を取られていたので詳しくは見ていないけれど、地面から細いタケノコみたいな白アスパラみたいなものを掘り出したり、茂みに顔を突っ込んで木苺を摘んだりとやりたい放題やっているみたいだった。

っていうかよく気づくなそういうの。

いまの私はかなり視力がいいみたいなんだけど、それでも全然気づかなかった。こっちからすると突然穴掘ったり茂みに突撃したりしてるようにしか見えない。

これは単純な視力とかではなく、経験や知識からくる洞察力というものだろう。

あとは単純に、目線の高さの違いからくるものかな。私だとかがまないと彼女と同じ視点は得られないし。

そんなことを考えている間にも、少女は木苺をひとつつまんではしゃいでいる。

元気があるのはいいことだけれど、はしゃぎすぎて疲れても私は知らないぞ。

しばらくして、また小川に差しかかった。

少女と出会った川よりは小さな、小川というか、ちょっとした流れ程度のものだ。

それでも水場というのは貴重なんだろう。少女は機嫌がよさそうに鼻歌を歌いながら休憩を始めた。

水筒に水を汲み、山菜のようなものを摘み、のんきに顔など洗っている。

私は私で川辺の木に止まっている巨大な蝉に目を奪われていた。手のひらくらいあるんじゃなかろうかこれ。

でかい虫というだけで若干気持ち悪さを感じるけど、でも実に綺麗なエメラルド色の羽をしている。

チーチーツーツーと先ほどから聞こえていた鳥の鳴き声のような声で歌っていた。お前かよ。文字通りの川蝉ってか。

蝉の鳴き声と言えばうるさいとばかり感じていたけれど、せせらぎとこの巨大蝉の歌声の取り合わせはなんだかとても涼しげで心地よい。

木の幹に手のひらサイズのでっかいセミが何匹も張り付いている姿さえ見なければ。

セミから目をそらしつつセミの歌を楽しみ、一息。

そろそろ出発する頃合かなと振り向くと、少女が警戒したような顔つきでじっとこちらを見ていることに気づいた。

いつの間にか《隠蓑《クローキング》》が解けていただろうかと慌てて確認するけれど、相変わらず体は半透明のままで、解除された様子はない。

なんだろうと思ってあたりを見てみると、どうも私の体を透かして向こう側に、一頭の獣がいることに気づいた。

角もあるし鹿っぽいのだけれど、口元には嘴があるし、足元も蹄はあるけれど鱗のある猛禽《もうきん》のような足で、今までにも見た四つ足の鳥の類らしい。

非常に立派な体躯で、毛並みというか羽並みというか、鮮やかな緑のグラデーションが美しい。

そのたたずまいはどことなく厳かで、何か神秘的にさえ感じてしまう。

あれだな。往年のアニメ映画に出てきそう。

ぼんやり見ていると、少女に気づいたらしい鹿鳥が、鋭く鳴いて威嚇《いかく》し始めた。

前足に生えた風切羽の名残のような飾り羽を体に打ち付けて、角を少女に向けてしきりに鳴いている。かなり縄張り意識の強い獣のようだ。実際、普通の鹿も草食だけどけっこう気性が荒いとは聞いたことがある、
少女は、熊に遭った時の対処法のような感じで、目を背けないままゆっくりと後ずさっていく。

これに効果があるのかは半信半疑だったんだけど、鹿鳥も追いかけてきたりしないし、理にかなっ

た対処法なのかな。

まあ、すくなくとも、驚いて騒ぐよりは、静かに、刺激しないようにして離れるというのは有効なんだろう。人間相手にもいくらかはそうだし。

少女は十分に距離を取り、鹿鳥が視線を切ったタイミングでその場を逃げ出した。私もそのあとをのんびりついていく。

ファンタジー世界の戦闘が見られるかもと思ったのだけれど、まあ十三、四の小柄な子どもに鹿と戦えっていうのはちょっと厳しいだろう。

草食動物であっても、野生動物は野生動物だ。あの図体《ずうたい》に、あの角は、猟銃もない人間が相手取るには危険だろう。

いやでも、ファンタジー世界なのだし、この少女も腰に剣を帯びてるし、戦えないことはないのかな。この剣、いまのところ何一つ活躍してないけど。

実際問題として剣で鹿と戦えるのかっていうのは私にはよくわからないけど、護身程度もできないとファンタジー世界では辛かろう。

まあでも、ファンタジーバトルはともかくとして、動物ドキュメンタリーとかを間近で楽しめてる感はあってけっこうわくわくした。

悪くない。悪くないぞこれは。

年端もない女の子がピンチに陥ったりするのを眺めて楽しんでるあたりかなり最悪の楽しみ方であるという自覚はあるけど。

まあ、さすがに本当にまずくなったら助けには入るけど、それもふくめて上から目線の邪悪さだよなあ。

少女はすこしのあいだ動揺した息を整えていたけど、すぐに気を取り直したのか、のんびりとあちらこちらを眺めながら、元の調子で歩き始めたようだった。

私も旅の連れが気落ちしたり警戒し通しでは落ち着かない。少し安堵《あんど》して観察を続けるのだった。

このストーカーどこ目線なんだ本当に。

用語解説

・《濃縮林檎》
《エンズビル・オンライン》の回復アイテムの一つ。高レベル帯の植物系Ｍｏｂがドロップする。《ＨＰ《ヒットポイント》》を最大値の三割ほど回復させる。加工することで重量値が低く、五割回復の効果を持つ《濃縮林檎ジュース》が作成できる。

『年へた木々はついに歩き出す。獣たちにとって遅すぎるその一歩は、気の長い古木たちにとってはせっかち者の勇み足。豊かな実りは腰を据えなければ生み出せない。その前に根から腐り落ちなければの話だが』

第八話　白百合と亡霊

何か揺れるような感じがあって、すわ地揺れかと驚いて目が覚めた時には、朝日がもうすっかり顔を出していました。あの不思議な果実を食べてすっかり心も満たされお腹も満たされ、ぐっすりと寝入ってしまったようです。

焚火の火が絶えていないあたり、ちゃんと夜中に薪を足してはいたのでしょうけれど、まったく覚えていません。

無意識のうちにできるようになったといえばすごいようにも感じますけれど、夢遊病のようで怖いです。自分の、才能が。私にこんな才能が眠っていたなんて……。

なんにせよ、少しお寝坊してしまいました。

私はあわてて荷物をまとめ、朝食を手早く済ませて後始末をし、昨夜鍋を煮込んでいる間に仕掛けておいた簡単な罠を確認しました。

仕掛けないよりはという気持ちで、期待はしていなかったのですけれど、運のいいことに鼠鴨《アナスラート》がかかっていました。

この時期のものにしては大振りで、なかなか食いでがありそうです。その場で絞めて、今夜のおかずにすることにしました。

そうして移動を再開したのですけれど、この日の移動は、なんだか少し妙でした。

それというのも、不思議と体が軽いのでした。

兄から聞いたところによれば、旅をしている時は体調が万全であることなど滅多にあるものではなく、そもそも旅自体が体に負担をかけるのだから、常にどこかしらに問題を抱えながら、誤魔化し誤魔化し進んでいくようなものだということでした。

どうしても生きている限り疲れるしお腹も空くけれど、そこをなんとか自然に癒える度合いと疲れる度合いと収支が合うように、できれば疲れの方に傾きすぎる前にしっかりと休める宿を見つけるように、それで何とか旅というものは成立するそうです。

だから私も旅の間は疲れるものだと思っていますし、その疲れた状態で剣を振ることを昔から教えられてきました。

万全な状態で戦えることなどまずないのですから、本当の本当に疲れた時にどれだけのことができるかということが肝要なのだと父も言っていました。

そういうことですからこの日も私は気を付けながら進もうと思っていたのですけれど、なんだか不思議に体が軽いのでした。

日をへるごとに重しを重ねていくようだった手足は、うららかな春の午後を散策するように軽やかですし、肩に食い込んで痛いばかりだった鞄も今日はほどよい重さにさえ感じられます。

息はまるで上がらず、じわりとにじむ汗も、昨日までのような辛さや疲れからくる嫌な汗ではまったくなく、ほどよい運動と初夏の陽気からくるさらさらとして心地よいものでした。

よく眠ったおかげなのでしょうか、それともあの不思議な果実を食べて、久しぶりの甘味に心が満たされたからなのでしょうか。

不思議で、妙ではありましたけれど、しかし足取りは軽く思っていたよりもずいぶんと早く進めそうで、私は森の精霊の加護だろうかと無邪気に喜びました。

調子がよいときほど油断して大怪我をするものだと父にはよくよく言われてはいました。しかし母には優しげな微笑とともに、調子がよいときにしかできないこともあるのだから隙を見て攻めなさいとも教えられてもいました。間を取って程々に調子に乗りたいと思います。

眠気もなく目はさえて、活力に満ち満ちており、これまで以上に森のいろんなものに目が行きます。流れる風を肌に感じ、また鼻に流れ込む匂いの数々にさまざまな違いがあることを知りました。

これたぶん幻覚ではありません。単に鈍っていた頭と感覚が元気になったから、というだけのことでしょう。

ここ何日かですっかり見知ったと思っていた森の様子は、まったくの上っ面だけだったようで、こうして本当に体の調子がよいときにしかわからないようなささやかな違いが私を楽しませ、なお足取りを軽やかにしてくれました。

たとえばただただ足を取って邪魔だと思っていた下生えにも、背の高いもの、低いもの、花をつけるもの、葉の広いもの、細いもの、さまざまなものがありました。中には見知った香草の類も紛れていて、時々摘んでいくだけでもけっこうな量になりそうでした。

足元にばかり気を取られていたいままでよりも余裕ができ、見上げれば木々の上にもまた暮らしがあることを知りました。

枝を伝ってするすると向こうを行くのは猿猫《シミオリンコ》でしょうか。あえて人を狙って襲ってくることは少ないですけれど、頭がよくて俊敏で、すばやく荷物を盗んでいくこともあるので油断はできません。

チッツー、ツッツーと高く歌う声が聞こえてくるのは、詩にも詠われる川熊蝉《アルツエツイカード》の求愛の歌でしょうか。初夏だというのに気の早いものですけれど、騒がしさのない涼しげな歌声は聞いていて心地よいものですね。

枝や蔦に紛れて蛇の姿が見えたこともありますし、また逆に蛇かと身構えたら木の枝だったということもありました。蛇は毒持ちが少なくありませんし、大きなものに巻き付かれると私の恩恵でも厄介でしょうから、うっかり踏んづけたりしないよう気を付けたいですね。

まあ、とはいえ実家の方では蛇ってそんなに大きいのはいなかったんですよね。寒いからでしょうか。でも毒蛇はけっこういましたね。あったかくなると出てくるので、春先にうっかり出くわしてかまれる事例をたまに聞きます。

蛇もわりとおいしいので、安全に手に入るなら悪くないのですけれど、このあたりにどんな蛇がいてどんな毒があるのか知らないので、やめておきましょう。

それらの生き物たちはきっと、いままでにも私のまわりに息づいていた生命なのでしょう。なのに私は今日になるまでそれらの生命の営みに目を向けることもなく、気づきさえしていませんでした。

ただ元気があるというだけでここまでの違いが出てくるものかと私はつくづく人間の体のつくりの妙に感心させられました。

まるでちょっとした気晴らしの行楽や、少し足を伸ばした物見遊山のような、気軽で気楽な気分さえ湧き上がってくるような快調さです。

疲れやつらさは感覚を鈍らせ、体を重くします。そしてそれはきっと、よけいなことを抱え込まないことで消費を減らそうという人体の仕組みでもあるのでしょう。

なにしろ余裕のある今は、木々の葉の一枚一枚さえよく見えるほど感覚が広がり、自分でも少し不安に思うほど意識が散漫になりそうなのでした。

しかしそうしてあちらこちらに意識を向ける余裕ができたことで、うれしいことに今日のご飯は豪華になりそうでした。

というのも、今まではきっと気づかなかっただろう木苺を茂みの中に見つけられましたし、地面に膨らみを見つけてもしやと思い掘ってみると、素晴らしいことに白い松葉独活《アスパラーゴ》を見つけることができました。

また、小川に出たので手ぬぐいを絞り、汗を拭ってさっぱりとしたついでに、葶藶《アクヴォクレーソ》を見つけていくつか摘んできました。

私がもう少し詳しければ、お金になりそうな薬草や、素材になりそうな類を見つけて集め、路銀の足しにもできたのでしょうけれど、簡単なものはいざ知らず、そこまで詳しくはありません。

それに一人旅ですとやっぱり荷物には限界がありますので、角猪《コルナプロ》の角のように換金額の多いものはともかく、薬草のようにかさばるものは持っていけません。

それに、薬草とかは採取方法とか保管方法とかでかなり査定額が変わってくるらしいので、慣れないことをしてもそんなに儲けにならないかもしれません。

ご飯の材料は別腹というか別勘定なのでせっせと摘んでいきますけれど、これは結局私のお腹に入ってしまって荷物にはなりませんので構いませんったら構いません。

亡くなった母もよく私にいろいろ食べさせては、リリオのお腹は魔法のお腹ね、いつもたくさん食べてくれるから嬉しいわと優しく微笑んでくれたものです。

貰ったはいいけれど多すぎて食べきれないし捨てるわけにもいかない貰い物の処理をさせられていたと知ったのは後になってからでしたけれど、お陰様でたいていのものを食べてもお腹を壊さない丈夫な子に育ちました。

そのわりに背は伸びませんでしたけれど。今後に期待です。

さてさて、こうして順調すぎるほどに順調に進めるという実に奇妙な体験をしているのですけれど、この不思議な旅路にはもう一つ妙なことが起きていました。

私がそれに気づいたのは、さらさらと流れる小川で顔を拭い、水筒の水を補充し、葶藶《アクヴォクレーソ》をつみながら少しの休息をとっていた時のことでした。

今日の晩御飯を思って鼻歌など歌いながらのんきに過ごしていたのですけれど、不意に気配を感じて、私は腰の剣に手を伸ばしました。

鼻歌をゆっくりと止め、気配を殺してそっと振り向くと、木立の向こう側に、まだ若く角の色の薄い鹿雉《ツェルボファザーノ》が若葉を食んでいるのを見つけました。

背中から尾に近づくにつれて色を薄くしていく緑の羽毛は乱れもなく美しく整っており、目のまわりの赤いコブは見事な発色で、傷や欠けもなく、若いながらに強く優れた雄であることを思わせました。

なんと美しい生き物でしょうか。私は我知らず見惚れてしまいそうになりました。野生を生きる獣たちの、自然によって磨き上げられてきた輝きは、人界では見ることのできない美しさであり、危うさでした。

そんな鹿雉《ツェルボファザーノ》の鮮やかな赤身肉はこりこりと筋の感じられる歯応えの強いもので、味はやや淡白ながら鉄分豊富で滋味深く、新鮮な肝臓などは猟師たちだけが食べられるお宝です。

また角には薬効があり、年へたものは肉が固くなる代わりに、角の薬効はぐんと強くなると聞いたことがあります。

確か骨や筋肉を強め、血の巡りをよくして、強精作用もあるとかなんとか。

この枝角は毎年生え変わるもので、時期になると落ちた角を探して森に入るのが村人たちの大事な仕事ともなるそうです。薬として用いるだけでなく、その立派さから飾り物にしたり、工芸品の素材として用いることもあるとか。

私が驚いたのは、この鹿雉《ツェルボファザーノ》が実に美しいことや、縄張りに敏感なこの獣に気づかぬままこんなに近づけたことなど……。

ではありませんでした。

美しい鹿雛《ツェルボファザーノ》よりもいくらか手前。

木立の中にひっそりと混ざるように、その影は佇んでいました。

はじめ私は、鹿雛《ツェルボファザーノ》に目を引かれていたので、その影のことは木立が作り出す陰影の一つだと思っていました。

しかし一度それが目に入ると、それはもう木立などではなく、くっきりと姿かたちをもって私の目に見て取れました。

それは人影、のように見えました。

あるいは、人の形をして影が凝って集まったようなものに。

というのも、その人影は向こうの木立が透けて見えていたのです。

夜の闇のような黒い外套を頭からすっぽりとかぶったその人影は、頭巾の下からわずかに目をのぞかせてこちらをじっと見つめているのでした。

もしも目を閉じたら、衣擦れどころか呼吸の音すら聞こえず、その存在を忘れてしまいそうなほどに、まるで生きた気配の感じられない人影。

そんな奇妙な影がただそこにたたずんでじっとこちらを見つめている。

その姿は、鹿雛《ツェルボファザーノ》のことがすっかり頭の中から消えてしまうほどの衝撃でした。

私がごくりと息をのんでその不思議な人影を見つめていると、不意にばしばしと何かを打ち付けるような音がして、ケーン、と鋭い鳴き声が響きました。

見れば、私の緊張に気配を察したらしい鹿雛《ツェルボファザーノ》が、片足を持ち上げて胴に足羽を打ち付ける母衣《ほろ》打ちをして、こちらを威嚇してきているではありませんか。

鹿雉《ツェルボファザーノ》は狩猟の対象であり、また畑を荒らす害獣として駆除の対象でもありますけれど、決して安全な相手ではありません。

気づかれていない時ならまだしも、こうして真正面から相手取るには厳しい相手です。鹿の中ではかなり気が強く、縄張り意識の強い鹿雉《ツェルボファザーノ》は、時に自分より大きな猪や熊の類にさえ角を振るい、そして追い払ってしまうこともあるくらい気性が荒いのです。

両前足を上げて本格的に母衣打ちを始める前に、私は目を背けないままそっと後ずさって距離を取り、静かに縄張りから出ていく意思を見せました。

しばらく鹿雉《ツェルボファザーノ》はこちらを威嚇していましたけれど、私が十分に距離を取ると、角を大きく一つ振るって、また若葉を食み始めました。

ほっと息をついて、掴んだままだった葶藶《アクヴォクレーソ》を革袋に押し込んでいると、視界の端にあの人影がたたずんでいることに気づきました。私は迂闊に動かないように、野草を見繕っているふりをしながらその影に意識を向けました。

影はひどく背が高く、まるで覗き込むようにしてこちらを見つめていました。相変わらずその人影は向こうの景色を透かしていて、どうやら私の目の錯覚や気のせいではなさそうでした。

私が歩き出すと、その影もまた私の後をついてくるようでした。

音もなく気配もなく、ただ、まわりを見回すふりをしてちらりと目をやると、一定の距離を保ったままするするとついてくるのでした。

しばらくの間、私はこの謎の人影に警戒しながら歩いていましたけれど、次の休憩の間までにこれと言って害もなく、さして問題もなさそうだったのであまり気にしないことにしました。

それはあまりにも無警戒と思うかもしれません。

父からもよく大雑把だとか呆れられたものですけれど、私は物事の切り替えがわりと早いようです。気にしなくていいことを気にしていたら疲れますし、何もないなら何も気にしなくていいのではないかと思うのです。

いやまあ、それも、おいしいご飯を食べて、よく眠れて、私自身の調子がよいからこそあっさり切り替えられたのでしょうけれど。

疲れ果ててぐったりしていた時の私でしたら、あるいは警戒心を強く出し、それどころかおそれと混乱のまま切りかかっていたかもしれません。

とりあえず斬れば何者かわかりますからね。

斬れるなら倒せますし、斬れないならどうしようもないのです。

いやあ、そのような蛮行《ばんこう》に及んでしまわなくて本当によかったです。

そうして最初の驚きが抜けて、警戒心も落ち着き、心の余裕が出てくると、私はのんびり景色を眺めるふりをしてこの人影を目の端で観察することができるようになりました。

最初は何事かと思いましたけれど、何もしてこないのならばそれほど怖いものではありません。何もしてこないふりをして悪意をちらちらと隠している人間の方がよほど怖いです。

あと何も隠さずに出合い頭のあいさつ代わりに猿叫《えんきょう》とともに斬りかかる山賊とか。せめて要求を言ってからにしてほしいですね。辺境だけかもしれませんけれど。たまに山賊じゃなくて親戚とかもおんなじ挨拶してきますからね。辺境だけですよね絶対。

その点、この影はただただ私を眺めているだけで、ともすれば動きのない私の休憩中はうろうろしたりあちこち眺めたりとよほど面白いです。

向こう側が透けて見えることや、まるで気配がしないこと、それにちらりと見えた目がなんだか物寂しそうに見えるような気がしないでもないことを思うと、これは噂に聞いた亡霊《ファントーモ》かもしれないと私は考えました。

亡霊《ファントーモ》というのは死んだ人が未練を遺したり強い思いを遺したりすると、その魂だけがこの世に残って彷徨《さまよ》うというものなのです。

実際に見たことはありませんでしたし、遭遇したという話も作り話であったりなにかの勘違いであったりすることが多いので、私としてはあんまり信用していませんでしたけれど、いるのならばいるでそれはなかなか興味深い話です。

生きている人を羨んで悪さをするという話も聞きますけれど、そういうのは幽鬼《デモーノ》といって、もっとおどろおどろしく、時には人の姿も保てない魔物となり果てているといいます。

この亡霊《ファントーモ》のようにただ静かでおとなしいものは、巷説《こうせつ》に広く伝わるところでは物悲しい悲恋のお話であったり、人情ものであったりします。

そういったお話を思い出すと、この亡霊《ファントーモ》も何かしらの事情があったのだろうかとしんみりして、付いてきたいなら付いてくるがよかろうと、私はひそかな旅の道連れとしてそっと歓迎するのでした。

用語解説

・鼠鴨《アナスラート》（Anasrato）
ネズミガモ。四足の羽獣。幅広の嘴をもち、水辺や湿地帯に棲む。雑食。動きが素早く、よく動くためよく食べる。皮下の脂はうま味にあふれ、美味。

・猿猫《シミオリンコ》（Simiolinko）

サルネコ。樹上生活をする毛獣。肉食を主とし、果実なども食べる。非常に身軽で、生涯木から降りないこともざら。飼育には向かない。

・川熊蝉《アルツェツィカード》（Alcecikado）

カワクマセミ。川辺に棲む蟲獣。成蟲は翡翠のように美しい翅をもち、装飾具にもされる。雄の鳴き声は求婚の歌であり、季語にもなっている。

成蟲の胴は鳴き声を響かせるためのつくりでほとんど空洞になっており、身は少ない。

幼蟲は土中で育ち、とろっとしたクリームのような身をしている。脱皮直後が美味。

・松葉独活《アスパラーゴ》（Asparago）

マツバウド。アスパラガス。うろこ状の葉を持つ山菜。土中から顔を出す直前のものは日に当たっておらず色が白く柔らかい。

・葶藶《アクヴォクレーソ》（Akvokreso）

または単にクレーソ。テイレキ。クレソン。水辺に生える山菜。独特の辛みを持つ。肉類などの付け合わせにされたりおひたしなどにされる。

・亡霊《ファントーモ》（Fantomo）

幽霊。亡霊。未練や強い思いを遺した魂がこの世を彷徨っているとされる。

・幽鬼《デモーノ》（Demono）

悪霊。怨霊。人を祟ったり呪ったり悪さをする亡霊。また悪意に染まった精霊。

第九話　亡霊とハクナ・マタタ

もしかしたら気づかれているのかもしれない。

その思いが強くなったのは、少女がキャンプの準備を始める頃だった。

その間のんきに後をつけてのんきにファンタジー世界を満喫《まんきつ》していたのだから私もたいがい鈍いというか図太いというか。

いつもの通りに少女が荷物を下ろし、おもむろに穴を掘りだしたので散歩にでも出ようかと思ったら、少女の方が何やら気づいたように振り向く。

つられて私も振り向いたけれど、特に何もない。

何だろうと思って少女の方を見やると、なにやらしばらく悶絶していたかと思うと、猛然と穴を掘りだした。わけがわからない。

少女の排泄する姿を眺めて興奮するような趣味はないのでそそくさと散歩に出たのだけれど、うごとうごめくアケビのような果物が生っているのを観察している時にふと気づいたのである。

もしかして、あれは見られていることに……つまり、なんだ、用を足しているところまで観察されるんじゃなかろうかと気づいて悶絶していたのではないかと。

これSAN値チェックいる気づきじゃない？　そうでもないか。

確認するために戻ろうかとも思ったけれど、タイミングよく、あるいは悪くスーパーおしょんしょんタイムに鉢合わせてはまずいし、もしこれがスーパーおしょんしょんタイムだけではなく、インペリアルビッグベンタイムだった場合には互いの精神的ダメージが計り知れないものになりかねない。

私は般若心経を心の中で唱えながら、ぱくりぱくりと開いたり閉じたりするアケビもどきを無心に眺めて時間をつぶし、十分に間を開けたと確信を持ってからさらに五分ほど待ってキャンプ地に戻った。幸い今日も健康に手早く済んだらしく、澄ました顔でカモノハシもどきをさばいている。つくづく気持ちの悪い感想を漏らすな私は。

穴を掘っていた場所はかなり丁寧に埋め立てられていたけれど、それいつもはゴミ捨て場にもしてたよね。いま埋めていいの。いいか。私は何も気にしない。気にしちゃいけない。

かなり怪しく思いながら観察してみたけれど、少女の方はもう気持ちを切り替えたらしく、熱心に調理にいそしんでいてこちらに気をかける様子もない。

今日は鍋にお湯を沸かして、白アスパラみたいのと野草をさっと茹でて、カモノハシもどきは炙り焼きにして食べるようだ。

カモノハシもどきの脂がぽたぽたと火に落ちるとなんとも言えず香ばしい香りが漂って、お腹は空かないまでも気づいたら口の中に涎が出てくるのを感じる。変なの。気持ち悪い。あるいは少女が涎を垂らさんばかりの顔をしているので、うつったのだろうか。

猪の鍋の時とかもそうだったけど、おいしそうだなんて思うのは何年ぶりだろう。食欲というものがここしばらくはすっかり脳神経から欠損していた。

以前も、お腹は減るから補給はしていた。

でも空腹っていうより低血糖っていうか。燃料切れみたいな、色気のなさだった。

筋肉が疲れるからたんぱく質を摂ろうと思ってプロテインは飲んだ。

足りない栄養素を思ってサプリメントを飲んだ。どれも長続きしなかった。

でも、思えば、食事というものをしてこなかったかもしれない。何かを食べたいとは、思わなかったかもしれない。

誰かとの食卓が思い起こされるたびに、どこか辛かったのかもしれない。

いまはもうない、失われた日々を思い出してしまって。

いまさらながらに、過ぎ去った日々を私は分析する。

記憶は褪《あ》せない。

思い出は変わらない。

でも、そこにまつわる感情を、私自身が正確に判断できなかったのなら、あるいはそこには違う色彩があったのかもしれない。いまはそこに、違う色彩を見いだせるのかもしれない。

思考がそれた。

少女はすっかりカモノハシもどきを焼き上げてしまうと、まな板代わりで皿代わりの木板の上に山菜と一緒に並べて、例の味噌みたいなものを取り出した。

また、何かの缶を大事そうに取り出して、乾いた葉のようなものを鍋の湯に落とした。

少しすると葉が広がり、お湯が茶色に近い濃い赤色に染まる。それを金属のコップに注いで、ふうふうと冷ましながら飲んでいる。

ふわりと漂う香りは爽やかで何かのハーブティーのようなものなのかもしれない。

味噌みたいなものは、山菜につけて食べるために用意したらしい。

匙ですくって白アスパラみたいの先にちょっとつけて、はむりと食べては頬を綻ばせ、野草にぺたりとつけて頬張ってはむふむふと笑っている。気持ち悪い。ちょっと間抜けっぽい。少し、かわいいかもしれない。気持ち悪いな私は。

お待ちかね、と言わんばかりの笑顔でカモノハシもどきの腿肉を取ってかぶりつき、その溢れる肉汁に指先を濡らしながら、実に幸せそうに食べる少女。

脂でてかてかと光る唇がまた子どもっぽくておかしい。兎鳥より身が少ないけれど、ジューシーそうでずっとおいしそうだ。

そんな幸せそうな姿を見ていると、なんだかくらくらしてきた。

血糖値が下がった感じだ。

これは、そう。燃料切れを感じる。

なんでだろう。いままでお腹なんて減らなかったのに。

空腹という当たり前の生理現象は、しかし私にとっては体調不良と同義だ。エネルギー補給がうまくいっていない。でもこの体にそんな機能があったのならば、もっと早くこうなっているはずなのに。

私は少し考えて、もしかしてと思いついた。

おいしそうだと思ったから、だろうか。

思えば、最初に《隠身《ハイディング》》が発動した時も、消えてしまいたいと思ったときだった。

ひどく疲れて、休もうとしていた。

いつもゲーム内で休憩して、《HP《ヒットポイント》》と《SP《スキルポイント》》を回復させるために使っていた《技能《スキル》》だから、休もうという私の意志に反応して発動したのではないだろうか。

《隠蓑《クローキング》》に関しては、私が使おうとそう意識したから、使えるようになったのではないだろうか。

身体能力もそうだ。

無意識に使っていた時より、ゲームのキャラクターの体だと意識してからの方が、よりそれらしく振舞うようになった。いままでは衣擦れも足音さえもさせないで動き回れる。

だとすれば、私が人の食事する様を見て、食べるということを思い出してしまったから、意識してしまったから、私の体はまっとうな人間のようにお腹が空いてものを食べたいと訴え始めたのではないだろうか。

この子が、あんまりにもおいしそうに食べるものだから。

これは面倒なことだった。無補給でいられるならその方が便利だった。一度意識してしまえば、忘れることは難しい。

頭がくらくらして、湯気を上げるお肉から目を離せずにいると、少女はいつものように半分程食べて、それから少し考えて、革袋で軽く包んで、ほんの少し私の方に押し遣った。それきり、黙って毛布にくるまって向こうを向いてしまう。

これは、気づいているのだろうか。

私の存在に気づいているのだろうか。

わからない。怖い。私が見えているのだろうか。それで私の反応をうかがっているのだろうか。いやだ。怖い。わからない。

しかし混乱と不安は、直近の生理的欲求にだんだんと押し負けていった。久しく感じていなかった肉体の欲求に、私は抗えなかった。

私は息を殺して近寄り、革袋を開いてまだ暖かいカモノハシもどきの腿肉を手に取った。

おそるおそる匂いをかぎ、その香ばしい香りにまたくらりときて、私は小さく齧ってみた。

すると、少し硬い感触とともにじわりとたっぷりの脂がこぼれてきて、慌ててこぼさないように手皿を作って、大きく齧りついた。

その瞬間の感動と言ったら、まるで爆発だった。

「ん、ひ……っ!?」

舌先から喉の奥まで、じゅわっとあふれ出た肉汁と脂が通り過ぎるだけで、私のさび付いた神経回路に許容限界以上の電気信号が津波のように駆け抜けていった。

堪え切れずもう一口、また一口と重ねるたびに、舌が、顎が、噛み締める歯さえも、言語に変換できない無数の信号を生み出しては流し込んできた。

気づけば私は軟骨を外してかりこりと歯ごたえを楽しみ、ちゅうちゅうと残った骨をしゃぶって貪欲《どんよく》に味を求めていた。そんなみっともない様に気づいて慌てて骨を吐き出し、どうしようかと迷って、少女が重ねた骨にそっと重ねておいた。

もうこうなると我慢はできそうになかった。

開き直ったように私は次に手を伸ばしていた。

白アスパラガスみたいなものにそっと味噌のようなものをつけて口にしてみると、しゃきくりゅと不思議な触感とともに甘みが口の中に広がった。

味噌のように見えたものは、想像よりもずっとコクと甘みの強いものだった。でも砂糖のくどい甘さではない。香ばしさとコクのあるうま味。無糖のピーナッツバターのようでもある。

野草も食べてみた。こちらは辛味が強いもののようだ。少しの苦味と、すっと広がる辛味、それに味噌みたいなもののコクと甘みが合わさって、口の中で鮮烈な香りとともに広がる。

あまりの信号量の多さに、脳がピリピリするような心地さえ覚える。

猪鍋をつまんだ時には感じなかった刺激だ。私の味覚が、脳が、食べるということを完全に思い出してしまったようだった。

長らく使っていなかった部分が活発に活動して、熱さえ持っているような気がする。

気づけば私はほろほろと涙をこぼしながら、少女の残した夕餉《ゆうげ》をあらかた食べつくしてしまった。

過失というには、徹底的だった。

骨にこびりついた肉片どころか軟骨まで丁寧にしゃぶりつくしてしまって、言い訳のしようもない状態である。

もうこうなれば毒を食らわば皿までの精神というか、居直り強盗のような心地でコップを拝借してお茶もいただいた。砂糖由来ではない甘みの強いもので、軽い渋みが食後の口をほどよく洗い流してくれる。

ゆっくりとお茶をいただいて心を落ち着かせる間に涙も止まり、暴走していた食欲も収まったところで。

はい。

反省会のお時間です。

「………やらかした」

思わず頭を抱えてうずくまりもする。

やっちまったのは仕方ないけれどどうしたものだろうか。

少女の朝ご飯になる予定の食事を平らげてしまった。

こちらに気づいて寄越してくれたのだというのは私の勝手な希望的観測であって、寝ている時に蹴飛ばさないようによけただけかもしれないのだ。

私の存在が露見《ろけん》しているかどうかという悩みは、ある意味これで解決したわけだけど。自分で露見させてどうする。

もう私のことは考えないとして、問題は少女の食事だ。

いくらなんでも明日の朝食がないのでは、彼女も健全な旅を続けられないだろう。育ち盛りの少女がご飯抜きで過酷な旅を続けるなどというのはよろしくない。

私は少し悩んで、ポーチから昨日の《濃縮林檎》を一つ、《SP《スキルポイント》》回復アイテムである《凝縮葡萄》を一房、それから最大《HP《ヒットポイント》》量を少しだけ増やしてくれる効果のある《コウジュベリー》を一房、代わりに置いておいた。

食料品系のアイテムと言えば、このくらいしかもっていない。

しかしまあ、果物ばかりとは言え量はあるし、回復効果に期待できないこともない。

というか期待するしかない。

正直なところ、見た目の小柄さから想像するよりかなり健啖《けんたん》なのはわかっているので、足りないかもしれないという懸念はあるけど、仕方ない。

道中でお腹を空かせる様子があったら、なにか食べ物を探さなければならないだろう。

私はいまさらのように革袋を閉じて、ため息。

焚火を挟んで少女の向かい側に移動し、腰を下ろした。

一応はやるだけやったという安堵感と、空腹が満たされた満足感と、そして焚火の暖かさにだろうか、今まで感じなかった眠気が瞼にのしかかる。

これもか。

眠気さえもか。

私はかくりと視界が落ちたのを最後に、深い眠りに落ちていったのだった。

そして気づけば朝陽が差し込んでいた。

眩しさにはっと目が覚めた時の私の慌てようがわかるだろうか。

私が身を起こした時には、すでに少女は目を覚ましていたようだった。

私の置いておいた果物を、朝ご飯として実に幸せそうに食べている。

自分で提供してなんだけどもうちょっと疑いとか警戒心をもってほしい。何様だ私は。

うまく回らない寝起きの頭で、しばらく意味もなくその様子を観察してしまう。

ふと思ったのだけれど、もしかしたらこの娘はそれなりによいところの子どもなのかもしれない。装備を新調してもらえているし、それに食事の仕方が汚くない。

食べ方が綺麗だというのは、これは完全に教養だ。

表情豊かに食べる様はお高く留まったところがまるでないのだけれど、食べ方自体は実に行儀がよい。林檎にかぶりつくのを行儀がいいというかどうかは知らないけれど、少なくとも見ていて不快になるような下品さではない。

単純に私が顔のよさに屈して適当なことを言っている可能性もあるが、この年頃の欧風少女は妖精みたいなもんだから仕方がないだろう。いや気持ち悪いな私。

もっと多くのサンプルを比較してみないとはっきりとは言えない。早く多くの人間がいて、文化程度がわかる町などに出られるといいのだけれど。

現実逃避じみて寝ぼけた思考を切り上げる。

少女の食べっぷりを見て胃袋が文句を言い始めたので、私もポーチから《濃縮林檎》を取り出して食べることにした。

しゃくりとした心地よい歯応えに、口当たりのよい甘酸っぱさ。なるほどこれは少女が夢中になるわけだ。ただまあ、私はこのサイズなら、これ一個で十分かな。朝だし。

私は手早く食べ終えて、それから残った芯をどうしようかと迷って、結局少女のまとめたゴミに紛れさせた。どうせ埋めてしまえばわかるまい。

ポーチの中のアイテム残数を思って、私はため息を吐いた。まだまだ余裕はあるとはいえ、この後の生活を思えば、現地での採取を考えなければ。

アイテム切らすのって好きじゃないんだよな。いつも余裕をもって用意してて、使った分は補充するようにしてたから、手に入れるめどがない、減っていく一方っていうのは落ち着かない。

そういえば少女が回収した種は、果たしてこの世界で根付くのだろうか。

というか根付いたとして、あれ一応高レベル帯のモンスターのドロップ品だし、根付いたらまずいのでは。そのうち隙を見つけて回収しないとだめかな。

ううん、でもアイテムの再生産が可能になると思えば、いつかは栽培を試みる必要も出てきてしまうだろうか。悩ましい。

安全に栽培可能なら、《濃縮林檎》にしろ他の果物にしろ、かなり有用だ。食用になり、経過観察中だけど回復効果もちゃんとありそうだし。ただ、たぶんこの種からはわりと強めの植物系モンスターが生えてくる可能性が高いので、安全という言葉の定義をちょっと考えなくてはいけないかもしれない。

前途は多難で、幸先は不安で、しかし。

「おいひぃ……！」

何にも考えていなさそうな、幸せそうに《濃縮林檎》をかじる少女の姿に、私は深く考えるのを止めた。

ばかばかしい。

深い森の中で、明日のこともわからないまま、ただ今日得られた幸運をかみしめて微笑む少女。それを見ていると、なんだかあれこれ考えている自分が馬鹿らしく思えてくる。

そうだ。そうだね。もう少し、気楽にいてもいいのかもしれない。

この世界は、ほんの少しだけでも、私にやさしいのかもしれない。

誰かの悪意に満ちたような、願っても叶《かな》わず、祈っても届かず、努力は報われないような、そんな世界ではないのかもしれない。

私は、気づけば口の中でかすかにメロディを奏でていた。

底抜けに陽気で、どこかしら無責任で、希望に満ちた響きを。

なんとかなるさ《ハクナ・マタタ》。

なんとかなるさ《ハクナ・マタタ》、だ。

用語解説

・少女の排泄する姿を眺めて興奮するような趣味
現代社会ではあまり一般的ではないが一定の層が存在するらしい人間の業の深さを思わせる性癖。

まだ軽い方らしい。

・うごうごとうごめくアケビのような果物
現地名偽木通擬き《ファルサイミタアケビオ》(Falsa-imita-akebio)。ニセアケビモドキ。アケビの果実に似た花を咲かせる「偽木通《ファルサアケビオ》」に擬態して昆虫をおびき寄せ抱子を寄生させ、その死骸から殖える菌糸類。動物に寄生した場合、まだ生きているうちにアケビに似た子実体を形成することがあり、脳に作用して痙攣させることで胞子を周囲に散布しているとされる。

・スーパーおしょんしょんタイム
腎臓において血液から老廃物や有害な代謝産物を濾過《ろか》してつくられた尿は、腎盂《じんう》から尿管の蠕動《ぜんどう》によって膀胱へ送られる。膀胱内に尿が充満すると尿意を生じ、尿は尿道をへて体外に排出される。これを排尿という。この排尿を直接的でなくかつ誰にでもわかるようにした表現。
・インペリアルビッグベンタイム
消化し吸収した食物の残りを肛門より体外に排泄することを排便という。この排便を婉曲《えんきょく》的にした表現。消化し吸収した食物の残りを大便と呼ぶが、この大便の大を英訳しビッグ、便をそのまま発音しベン、つなげてビッグベンとし、イギリスはロンドンに実在するウェストミンスター宮殿に付属する時計台の大時鐘の愛称ビッグ・ベンとかけ、大英帝国をイメージさせるインペリアルを冠している。グレートブリテン及び北部アイルランド連合王国を不当に貶める意図はまったくない。
・般若心経
正式には般若波羅蜜多心経。
大乗仏教における空性、般若思想に関して記述された経典。
複数の宗派で広く用いられ、現代日本でも耳にしたことがある者が多いと思われる。
素数と並んで雑念を払う目的で唱えられることが多いが、本来の用途ではない。
・《凝縮葡萄》
《エンズビル・オンライン》の回復アイテムの一つ。高レベル帯の植物系Ｍｏｂからドロップ。

《ＳＰ《スキルポイント》》を最大値の三割ほど回復させる。加工することで重量値が低く、五割回復の効果を持つ《凝縮葡萄ジュース》が作成できる。

『一房の葡萄。一粒の果実。これは私の血である。これは私の肉である。味わいたければもぎ取ればいい。できるものなら』

・《コウジュベリー》

《エンズビル・オンライン》の回復アイテムの一つ。森林など一部地域で特定の木々などを調べると確率でドロップする。《HP《ヒットポイント》》の最大値を二五ポイント増やす効果がある。低レベルの内は恩恵が大きいが、高レベルになるとあまり意味がない上、効果に回数制限がある。

『深き森の民が皆おどろくほど長生きなのは、この不思議な果実を常食しているからだという。この森で長生きすることが果たして幸せかどうかは私の知るところではないのだが』

・ハクナ・マタタ（Hakuna matata）

スワヒリ語でどうにかなる、くよくよするなの意。おそらく森の中で世界的アニメを思って。

第十話　白百合と亡霊の顔

亡霊《ファントーモ》と歩く森はなんだか不思議な感じでした。

連れと言えば連れなのですけれど、亡霊《ファントーモ》はある程度の距離を取って付いてくるだけです。なにかしているとのぞき込んできたりしますけれど、別に話しかけてくるわけでもありません。私の方も亡霊《ファントーモ》に話しかけることはありませんでしたし、見つめることもせず、時々気づかれないように様子を窺うだけでした。

というのも、亡霊《ファントーモ》は私が気づいていることに気づいていないようで、だからこそ安心してついてきているという風情《ふぜい》だったのです。

何しろそろそろ寂しさが募ってきた私としては、迂闊なことをしてこの奇妙な連れを逃がしたくなかったのでした。

自分でおつきの女中を振り切って一人旅している私が言っていいことではないかもしれませんけれど、寂しさというのは足を重くする旅の大敵ですからね。

ふと振り向いた時に、思いのほか近くで、高い位置からじっと見降ろしているのに気づいた時はさすがにひえっとなりましたけれど、あの時は我ながらうまく耐えたものです。

かと思えば、振り向いてもいなくて慌てて見渡したら、ちょっと離れてぼんやり空を眺めていたりして、無駄に焦ったりほっとしたり。

そんな、なんとなく距離感に慣れてきたような、まだ掴みかねているような、そのような具合のまま、私は今日の野営地を決めました。

野営地を決めるときのコツは、いろいろあります。

例えば、水場が近いと嬉しいですけれど、かといって川辺で野営しようとすると、急な雨で増水したときなんかにあっという間に飲み込まれてしまったりします。

川辺で草木が生えていなくて竈を組みやすかったり天幕を張りやすかったりしたら、油断してはいけません。草木が生えないということは、そこは頻繁に水に浸かっている可能性があるからです。

広めの中州なんかは景色もいいし水に囲まれているので動物の接近に気づきやすそうな気もしますけれど、そんなところで増水にでも巻き込まれたら逃げることもできず流されるのが落ちです。

まさかそんなことをするわけがないだろうということを、なぜかしてしまうのが人間の愚かさだということを歴史に学んでいきたいですね。

他の条件としては、火をおこしやすいように開けて乾いていること。生木や草は水分を含んで燃えにくいとはいえ、燃えないわけではありません。

特に焚火を熾しやすい乾いた場所は、草木も乾燥しがち。焚火の火というものは思ったよりも遠くにはねることがあるので、しばしば山火事の原因となったりもします。

あとは森の中なのですから、危険な獣や植物の気配がないことも大事でしょう。

しかし熊の類であれば木の皮を剥いだり、狼の類であればにおい付けしたり、遠吠えしたり、また足跡などの痕跡も残します。植物も毒のあるものは、近くにいるだけでかぶれることもあります。

そもそも獣道というものは獣が通ったことで残る道で、通った獣の特徴が出てきます。人間が歩いてできた道にも、特徴が出るのといっしょですね。

よくよく気を付けてみてみればそういった気配や痕跡というものは残っているものですから、なるべくそれらは避けた方がいいでしょう。

またこのように旅人の通る道であれば、野営地として何度も使われているうちにそのあとが残りますから、それを目安にすると楽です。

ひとの歩みはまちまちですけれど、野歩きするような者はみな健脚ですし、休みやすい地形も限られてきますので、だいたい一日の間にこのくらい進むという距離が決まってきます。

私は小柄なので歩幅が狭く、元気に歩いている分を加味したとしてもちょっと計算がずれますけれど、極端には変わらないでしょう。平地ならともかく、森の中ならば足の長さより進んでいく足腰の強さが出るはず。

人間の痕跡、特に焚火のあと、炭化したあとというのは土には還りませんから、しばらくの間は跡が残るものです。旅人がその跡を見つけてまた用いれば、より色濃く残っていくことでしょう。過ごしやすくするためにあたりの草を払えば、それもまた残っていくことでしょう。

自然環境への負荷を考えると、こういった痕跡がすでにある場所を選んでいくことは、新しく別の場所を開拓するよりはずっといいこと、かもしれません。

もしそういう痕跡なんか読み取れない、どこにあるの、と思ってしまう方は、そもそも森とか歩かない方がいいですね。整備された道を歩くか、誰か詳しい人と来てください。できればその前に半年くらいは座学を修めた方がいいかもしれません。

なんてことをつらつら考えつつ、野営の準備をしてたわけなんですけれど。

ゴミ捨て場兼用足しの穴を掘りながら、ふと私は気づきました。

亡霊《ファントーモ》は、その、するのでしょうか。

つまり、人間生きていれば食べるわけで、食べればその、出すわけで、だから私もこうして、その、出すために、出したもののために穴を掘っているわけで。

でも命がない、体もない亡霊《ファントーモ》はどうなのでしょう。出ないのでしょうか。出るとしてそれは実体があるあのあれなんでしょうか。実体のないあのあれというのも想像が難しいのですけれど。半透明なんでしょうか。触れないならいつまでもその場に残るのでしょうか。

間抜けな好奇心からちらちらと様子を窺おうとして、そして私はまったく突然に「そのこと」に思い至って、思わず勢いよく亡霊《ファントーモ》を振り向いてしまいました。

亡霊《ファントーモ》はそんな私の様子に気づかず、いまはきょろきょろとあたりを眺めているようです。しかし、いつもは私のあとをつけてきて、まるで観察でもしているようにじっと見つめてくるのです。

そう、観察。

観察されているのです、私は。

それが生者を羨むがゆえの行動なのかどうかは定かではありませんけれど、問題はこのまま観察されたら、私は見られてしまうのです。その、なんです。この穴の正しい使い方をご披露しなければならないわけです。

いくら相手が亡霊《ファントーモ》であるとはいえ、さすがに用足しをまじまじと観察されて何とも思わないほど私も図太いわけではありません。

しかし亡霊《ファントーモ》の見えない位置に移動しようとしたところでついてきてしまうでしょう。できるだけ隠そうとしたら、かえって気になってのぞき込まれるかもしれません。さすがにのぞき込まれた状態で用を足せる神経はしていません。そうなるくらいなら、のぞき込まれた状態でことに及ぶくらいならば、まだ現状の、この見えるか見えないかの距離の方がましというものです。

こうなれば覚悟を決めるほかないのかなと、決死の覚悟で穴を掘ったにもかかわらず、ちらっと様子を窺った時には亡霊《ファントーモ》はふらっとどこかへ姿を消していました。

助かりました……けれど。何とも納得がいきません。見られたいわけではありませんけれど、なんだかこう、空回った感じがすごくします。

いやまあ、私がモダモダしてるのを見て、何かしら察して気を遣ってくれたのかもですけれども。亡霊《ファントーモ》だって目の前でご開陳されて放流され堆積していく景色など見せられたら困惑するでしょう。困惑を通り越して怒ったりするかもしれません。

なんだか気が抜けてしまった私は手早く用を済ませて、それからそそくさと穴を埋めました。いつもはゴミ捨て用の穴としても使っていますけれど、さすがにその、ブツを見られたくなかったので。

無性に疲れた気持ちながらも、せっかくいろいろ手に入ったのでご飯の支度を進めます。

鴨鼠《アナスラート》の羽をむしり、頭を落として腹を裂き、内臓を取り出して水で洗い、軽く塩と香草を揩りこんで、皮がきちんと張るように木の枝を刺して竈の火であぶります。

いいところのお店なんかだと、鴨の類は専用の圧搾機で骨を砕いて、絞り出した血を用いてうまみとコクを出すなんてこともするらしいんですけれど、まあ野営ではなかなかできませんね。

時期を見計らって沸かした鍋で松葉独活《アスパラーゴ》と葶藶《アクヴォクレーソ》をさっと湯がき、せっかくなので残った湯でとっておきの甘茶《ドルチャテオ》を煮出します。

あの不思議な果実ほど甘いものではありませんけれど、暖炉のそばで温かな甘茶《ドルチャテオ》を飲む心地よい時間を思い出しました。

ふわっと立ち上る爽やかな果実のような香りを楽しみ、私は久しぶりの甘茶《ドルチャテオ》に口をつけます。

舌に広がる甘味と、そしてわずかな渋み。この渋みが子どもの頃は少し苦手でしたけれど、しかし渋みがあるからこそ甘味が引き立ち、そしてまた味を平坦ではなく立体的にしてくれるのです。

茹でた山菜の味と香りがちょっと残っていて、若干出汁っぽいのも乙というかなんというか。

私はまず松葉独活《アスパラーゴ》に胡桃味噌《ヌクソ・パースト》をつけてぱくりと穂先をかじりました。

「はむ……うん、うん……感じ、感じ」

しゃき、くりゅ、と硬いような、柔らかいような、不思議な歯ごたえです。

すっかり地上に出てきたものは緑色に染まり、もう少し歯応えがはっきりして食い出もあるのですけれど、白い松葉独活《アスパラーゴ》はなんといっても、貴婦人の指先などというあだ名がつくほどのしっとりとした柔らかさとふわりとした甘み、それにわずかな苦みがなんとも言えずたまりません。

葶藶《アクヴォクレーソ》は辛味の強い山菜です。苦みもあってまさしく山菜といった風情で、肉のおともにはなんとも心強いさっぱりとした後味の葉物です。

これをあくまでさっと湯がいて、決して茹ですぎないというのが肝心です。

生でも食べられるくらいアクのない山菜なのですけれど、しかしさっと茹でてやることで少し甘味が出て、それに歯応えがずっとよくなるのです。

そうして前菜気取りに山菜をいただいたら、さて、さて、いよいよ本命です。

鴨鼠《アナスラート》は成獣でもそれほど大きくならない小動物で、身もそれほどたくさんはついていないのですけれど、なんといってもたっぷり蓄えられた脂がおいしいのです。

あぶっている時からすでに、ぽたぽたと火に落ちては香ばしい香りを上げて私の胃袋をいじめてきました。これはもう待てません。

私は大きく口を開いて齧り付き、この罪深ささえ感じるほどのうまみに頬を綻《ほころ》ばせました。

「あーん、む……んんん……！　ほふ、んむっ」

肉を噛み締めるとまず香ばしく焼き上げた分厚い脂がかりっ、ぎゅっと歯を受け止め、じゅわっとたっぷりの脂を吐き出してくるのです。それに気をよくしてさらに歯を突き立てると、今度はむしろさっくりとした歯応えの肉が受け止めてくれます。

鴨の脂というものは、人によっては臭いだとかなんだとか言われますけれど、私は好きですね。嫌いだという人も、単に鴨の臭い部位に当たってしまっただけということもしばしばあります。野の獣はそういうこと、よくありますね。

調理した人の手際だけの問題ではなく、やっぱり個体差がありますから、食べるものによってにおいが変わったり、肉質も変わりますし、仕留めた際の具合でにおいを放つこともあります。

そういう中でね、おいしいものに出会えると、本当にうれしいんですよ。

今回はその当たりの方と言っていいと思います。

脂だけでは少しくどいし、肉だけでは物足りない。この鴨鼠《アナスラート》はその二つが神の御業としか思えない釣り合いで同居しているのでした。

森の恵みは数あれど、森で取れる肉でもっともおいしいのは、まず鴨の類といっていいでしょう。あくまで個人的感想で、諸説ありますけれどね。

なんなら私の中でもそのときそのときで意見が変わるのであまり真剣に考えなくていいやつです。

私はいつものように残りものを朝ごはんにしようと考え、そして待てよと思い直しました。

ちらとわずかに視線を向けると、そこには木にもたれるようにして、こちらをただ黙って観察している亡霊《ファントーモ》の姿がありました。

亡霊《ファントーモ》もご飯を食べるのでしょうか。生きていないのに、体がないのに、ものを食べるのでしょうか。

少しの間考えて、私は残り物を革袋で軽く包み、そしてほんの少し亡霊《ファントーモ》の方に押し遣って、毛布にくるまってしまいました。

亡霊《ファントーモ》がものを食べるかどうかはわかりません。でも仮にも旅の連れですし、食べられるなら一緒に食べた方がいいに決まっています。

気になるようでずっと見つめていますし、せっかくなので食べてほしくもあります。朝ご飯がなくなるのは困りますけれど、まあまだ木苺はありますし、明日はこれで済ませてしまいましょう。

とは言ったものの。

実際のところどうなんだろう。食べてくれるのだろうか。おいしいと思ってくれるのだろうか。そういうことを考えると、なんだかどんどん気になってしまいます。

そうして気になって寝つけないまま、そっと目を開けてみると、亡霊《ファントーモ》が思いのほか近くにまで接近していて驚きましたが、なんとか息を殺して見守ります。

亡霊《ファントーモ》はおそるおそるといったように鴨鼠《アナスラート》の肉を手に取り、頭巾に隠れてよく見えませんけれど、口元にもっていきました。どうやら亡霊《ファントーモ》もものを食べるようです。

亡霊《ファントーモ》は一口食べるや驚いたように身を震わせ、ものすごい勢いでもくもくと食べ続けました。

しかし、がっつくような勢いではありましたけれど、不思議と下品なところがなく、もしかすると生前は良家の方だったのかもしれません。

ちゅうちゅうと骨をしゃぶる様子はなんだか色っぽくさえあり、また残った骨をどうしようと困ったように視線を迷わせ、私の残した骨にそっと重ねる様子はかわいらしくもありました。

続けて松葉独活《アスパラーゴ》と葶藶《アクヴォクレーソ》を私の真似をするように食べ、また残った鴨鼠《アナスラート》も丁寧に平らげ、ようやく人心地付いたように、亡霊《ファントーモ》は甘茶《ドルチャテオ》をふうふうと冷ましながら口にしました。

そこで私はようやく、亡霊《ファントーモ》の横顔が、竈の火に照らされて見えるようになりました。

それははじめて見るような異国の雰囲気を持った顔立ちでした。

ほっそりとした顔は紙のように白く、小ぶりな鼻はどこか知的で、薄い唇は甘茶《ドルチャテオ》に暖められて赤く色づいていました。わずかに伏せられた目元はどこか寂しげで、泣き黒子が不思議に蠱惑《こわく》的でした。清廉と退廃、可憐さと朴訥《ぼくとつ》さ、大きな体に、いたいけなまなざし、相反する要素が、彼女の中で複雑にまじりあっているようでした。

そのような顔立ち以上に私を困惑させたのは、頬を伝ってほろほろと流れ落ちる涙でした。

それは美しい涙でした。

心根の美しさが涙を透き通らせるというのならば、これほどに純粋で清らかなこころはないでしょう。そう思わせるほどに、はかなく、かそけく、ただただ静かに透き通ったしずくが、とめどなくこぼれていきました。

なんだか隠されていた秘密を暴いてしまったような、見てはいけないものを見てしまったような、そんな不思議な罪悪感と奇妙な高揚に私は動揺し、毛布の中できつく目を閉じて夢の中に逃げ込むほかにありませんでした。

そうしていつの間にか眠りに落ちていた私は、朝起きていくつかの不思議なものを見つけました。

昨夜食べてしまった鴨鼠《アナスラート》のお返しとでもいうのでしょうか。見たことのない美しい果物がそこには並べられていたのでした。

この前の林檎《ポーモ》に似た果実もありましたから、あれもどうやら亡霊《ファントーモ》がくれたもののようでした。

私がこの素敵な贈り物の贈り主を探して頭を巡らせたところで、もうひとつの不思議なものを見つけたのでした。

すっかり火の絶えた焚火の向こうに、黒いもやのようなものがうずくまっていたのです。

息を殺して近づいてみると、それは確かに亡霊《ファントーモ》でした。それも、すやすやと穏やかな寝息を立てて眠っていたのです。起こしてしまうかもしれないと思いながらも、気づけば私は彼女の頬にそっと指を伸ばしていました。

向こう側が透かして見える亡霊《ファントーモ》の体は、氷のように冷たいかもしれない。もしかしたら触ることさえできないかもしれない。そんな不安と裏腹に、私の指先はほのかに温かな柔らかい感触に、確かに触れることができたのでした。

私は不思議な感動とともにそうしてしばらくの間、彼女の頬の暖かさと、静かにこぼれる吐息のしめりけを指先で味わっていました。

彼女は亡霊《ファントーモ》かもしれないし、そうではないのかもしれない。

でも確かにここにいて、霧や霞のように消えてしまうことなどないのだ。

そのことがなんだか言いようのない安心感を私に与えてくれました。

涙の跡の残るまなじりを一度だけ撫でて、私は今日という一日をまた新たに始めるのでした。

用語解説

・甘茶《ドルチャテオ》（Dolca teo）
甘みの強い植物性の花草茶の総称。地方によってその内容は異なる。

第十一話　亡霊と悪意

そういえば手は洗っていたのだろうか。

ふと思ったのはそんなことだった。

つまり、その、なんだ。リトル・ジョンかビッグ・ベンかはわからないが、少女は昨日用を足してから調理に入ったわけだけれど、手は洗ったのだろうか。というか用足しした後どうしたのだろう。紙とかないだろう、絶対。

拭いたのか。拭いていないのか。それが問題だ。

最悪のシェイクスピアか？

シェイクスピアもことあるごとに二択に呼び出されて困惑してると思う。

深く考えると昨日のご飯が途端に妙な属性を付与されかねないので、私は考えるのを止めた。

まあ、そもそもそんなことを考えてしまったのは、あれほどの醜態《しゅうたい》をさらしてしかもすっかり眠りこけてしまった大失態を犯しつつも、何とか気を取り直して平然を装い少女の後をつけている時だった。ストーカーが板についてきてしまった。

いつものように一時間歩いて十分休憩を繰り返しているうちに、ふと、その、催してしまった。なにをって、つまり、あれだよ。人間は食べたら出るようにできてるんだよ。

人間は食べてから排出するまで十二時間から二十四時間くらいときいたことがある。以前の体はやや便秘気味だったけれど、この体が驚くほど健康なのは実感済みだ。

幸い隠れられるような茂みはいくらでもあるし、少女と十分に距離を取ってから茂みでいたした。

いや、手慣れてるように見えるかもしれないけど、もちろん屋外排泄に慣れなどない。お腹がもじもじと恥じらうように訴え始めたころから焦りが募り、いよいよアラートが鳴り始めたころには存在しないトイレを求めてきょろきょろしてしまったほどだ。

気軽に考える人間もいるけど、野外排泄は普通に軽犯罪法にひっかかる案件だし、緊急避難としてコトに及ぶのも時とか場所とか考えねばならない。そもそも屋外でそんなに活動してこなかったけど。そう、人生初となるワイルドエリアでのプレイに挑むにあたっては、私の四半世紀の人生の中でも上位に来るくらいのかなりの躊躇《ちゅうちょ》と覚悟が必要だった。

そもそも屋外で無防備に尻をさらすことにさえ蛮勇すれすれの勇気を必要とした。普通に怖いだろこんな森の中で弱点を無防備にさらして自由に動けない体勢とるの。森の中じゃなかったらいいのかと言われたら全然そんなことはなくどこでも嫌だけど。個室をくれ。

しかし、私はその恐怖を乗り越えたのだ。

勇気とは怖さを知ること。恐怖をわがものとすること。

人間賛歌とは、勇気を高らかに歌うことなのだ。

勇気こそが人間とけだものとを隔てる知性の輝き。

そして便意は普通に倫理とか恐怖とかなぎはらう。知性は便意に勝てなかったよ。いや、まあ結果的には勝ち負けとかとは別のところに落着してるけど。

その苦痛と懊悩と羞恥、そして決断に至るまでのあれこれは、文章に直してしまうとたぶん五ページくらいは余裕でいってしまうと思うのでここでは割愛させていただく。

着た覚えもない服をどうすればよいのかという問題は、ベルトを外して下ろせば済むパンツスタイルで何とかなった。

さあ用を済ませてすっきりして、そこで問題は冒頭に戻る。

「…………どうしよう」

用を足したままの間抜けな姿勢で私は悩んだ。

手や問題部分を洗う件については、もったいないがアイテムに液体系があるし、どうとでもなる。素材用の《蒸留水》とかあったはずだ。

問題はもっと先に、何で拭けばいいのかということだった。さすがに気軽に使える懐紙のようなものはアイテムにはなかった。

「紙……紙、かあ……」

インベントリをあさって、魔法職でなくても魔法が使える《巻物《スクロール》》を取り出してみる。

紙と言えばまあ、羊皮紙だし紙の一種だけれど、このようなことで使うにはあまりにももったいなさすぎる。ひとついくらしたと思ってるんだこれ。数少ない私の対物攻撃手段だし。

第一うっかり拭いている時に発動してしまって大事な部分がバーニングしてしまったらどうすればいいのだ。ムダ毛処理とかそういうレベルではないぞ。

もちろん拭かないなどという選択肢はない。いくら何でも不衛生すぎるし、気持ちが悪い。どうしたらいいのだろう。

今まで読んできた異世界ものやファンタジーものを思い浮かべてみたけれど、私の読んできたものの中には中世風ファンタジーのトイレ事情について事細かに記してくれていたものはなかった。

だいたいライトなファンタジー世界、魔法とか便利技術とか妙に発達して現代人でもそんなに不満を覚えないレベルで快適なんだよけっこうな比率で。もしくはそもそも書かないいんだよ。トイレ事情とか。

あえてトイレについて取り上げたようなものでもなければ、そのあたりは作者も読者も飛ばすところなんだよ。あっても一話とかだよ。その世界ではそうなんだっていうだけで今助けになるやつではない。

　読んでる側もそんなフラストレーション溜まるようなもの読みたくないかもしれないけれど、こちとら貴重な《巻物》《スクロール》で一か八か拭いてみて大炎上（物理）するかどうかの瀬戸際なのだ。ただし魔法は尻から出るとかそういうレベルではない。

　くそっ、なんて時代だ。

　私の読書スタイルに問題があるわけではないはずだ。

　だってどこの誰がトイレ事情に詳しいかどうかを判断条件に加えるというのだ。私にそういう趣味はない。いやまあ、学術的には普通に興味深い題材だけどね、ファンタジー世界のトイレ事情。作劇上とばしてしまいがちというだけで。

　普通に探せばあるはずなんだよな、創作世界のトイレ事情を論じたやつ。探したことはないけど。

　私に余裕があったらそういうやつ探して読んでたかもしれないけど、かつての私はそんな余裕がかけらもない限界ブラック社畜だったし、いまの私は尻を拭く紙を神に祈るほど余裕がない。

　せめてゲーム内通貨が紙幣だったらもう使うあてもないし腐るほど持っているのだけれど、残念ながら金貨だ。本当に金かどうかは知らないけれど、見た目上金貨っぽく見えるコインだ。これで拭くのは無理がある。歴史的経緯から言えば木の棒とか板とかでこそいでたという話は知ってるけどそれをやりたいかと言えばノーだ。

　となれば、と凝視したのが茂みの葉っぱである。

　大きめの葉っぱもあるし、代用できなくはないのではないか、と思う。

というかまあ、貴重で危険な《巻物《スクロール》》を使うべきかとか考える前に、まあ、思いついてはいた。いたのだけれど、さすがに勇気がいる。脳内ツェペリさんの応援を受けてもちょっとためらう。だってこれ栽培物でもない野生の葉っぱだ。雑菌だらけなのは間違いないし、そもそも何かしらの毒性を持っていてもおかしくはない。普通の植物でも何かしらのアレルゲンによってかぶれを起こしたりするかもしれないのだ。極論普通の植物などというカテゴリは存在しない。それを粘膜になどと思うと、ノミと張り合う勇気ではちょっと足りない。

昨日は夢中で鳥みたいな鼠みたいなのを食べてしまったけれど、あれだって私の体には有毒だった可能性もあったのだ。衛生環境的にも、生体的にも。

幸いお腹は壊さなかったけれど、あれは一応現地人も食べていたし、そこまで不安はなかった。結果的には消化吸収も順当に行って健全な消化活動の結果に至ってるわけだし。

だがこの雑菌まみれの正体不明の葉っぱで脆弱な粘膜部分を拭くというのは恐ろしいものがあった。これで《巻物《スクロール》》で拭いて股間がうっかりエクスプロージョンというのもおそろしいが、粘膜部分が未知の微生物に侵されて腫れ上がるのはもっと生々しい洒落にならない恐怖がある。

私は確かにちょっと潔癖症の自覚があるが、そうでなくても普通に嫌だし怖い。

仮にこの世界で病気になってしまった時に私に治す術があるのかというとちょっと自信がない。

私の持ち合わせている抗体など何の役にも立たないだろうし、白血球がタイマン挑んで勝てるかどうかもわからないのだ。

いくらゲームキャラクターの体っぽい超人ボディになっているとしても、二十六歳限界ブラック社畜の不健康な生活で錆びついたリンパ腺をそこまで信頼して酷使《こくし》したくない。

一応回復アイテムもあるけど、今後トイレのたびに使うとかは正気の沙汰ではない。

しかし拭かないという選択肢はもっとない。

誰が何と言おうとそこは譲れないポイントだ。

泥水をすって生き延びたとしても、股は拭く。尻も拭く。両方やらなきゃいけないのがつらいところだ。でもまだ覚悟はできてないからちょっと待ってほしい。

「マジか…………この腐れファンタジーめ……」

私はできるだけ綺麗そうで大ぶりな葉っぱを選んで一枚とり、虫などがついていないことを確認した後、ポーチから素材用の《蒸留水》の瓶を取り出して軽く洗った。

そしてひとしきりうなったあと、同じく素材アイテムである《生命の水》を少量振りかけて乾かす。

要はこれは蒸留酒だ。度数不明だけど消毒効果を期待して。

「なんとか、なれ……っ！」

覚悟を決めて、一思いに拭いた。

この悲壮な覚悟がわかるだろうか。

会社のトイレの安物のトイレットペーパーがいかに素晴らしいものだったか思い知らされた私の気持ちがわかるだろうか。

ざりざりして固い葉っぱで、大事なプレイスを己が手で蹂躙《じゅうりん》せざるを得ないこの悲しみがわかるだろうか。

わかってたまるか。

こんな馬鹿馬鹿しい悲しみを背負う人間は一人でも少ない方がいい。

『トロフィーを獲得しました！：トイレトレーニング』

嘲るような馬鹿げた幻聴が響き渡る。こんな過酷なトイレトレーニングがあってたまるか。

私はことを済ませて《蒸留水》で手を洗い、服を整え、一息。

一応、放置もよろしくないので、周囲の土を掘って上にかけ、埋めておく。先に穴を掘っておけばよかったな、と少女のやり方を見ていたのに何も学んでいない自分にため息。

排泄物って、勘違いしてる人もいるけど、別にそのままでは自然界に肥料として回収されてくれるわけじゃないしね。小も大も、少なからず自然に負荷をかける。時間をかけて分解されるものなのだ。普通に肥料にするには、発酵させる手間がある。

などと現実逃避。

なんだかとてつもない疲労感を背負ったまま少女の背中を追った。

幸い、さほど時間はかけていなかったのですぐに追いつくことはできた。

一応、獣道でも道というか、歩けるところを選んでるから道なりに行けば見つけられる。まあ、ある程度近づけばというか、歩いた後にこう、なんていうか、あの、ほら、お風呂とかの余裕もないし、歩き詰めなわけじゃない。酸っぱ香ばしい……やめよう。ストーカーにも情けはある。私もいましがたにおいを放出してきたわけだし。

しかし、もしこの体でなければ、気配を追いかけることも、森の不安定な道を歩き抜くこともできなかっただろう。そのあたりは身一つで放り出される典型的な転移者よりよほどましか。

その私のように特殊な体でもないのに、少女の足取りは軽快だった。

これが現地人が皆健脚なのか、それともこの少女がことさらに頑丈な鍛えられた人種なのか、そこらへんはわからないが、まあ観察対象が元気なのはいいことだ。

なにしろ時折こちらを振り向いて距離を測る余裕さえある。

本人はそれとなくしているつもりなのだろうけれど、疑いを持って見ればすぐにわかる程度だ。逆に言うと、いままで呑気についてきたときは全然気が付かなかった。無警戒過ぎた。

まあ、間違いなくこちらのことが見えている、と思っていいだろう。

最初のうちは見えなかったようだから、勘が鋭いとか何かしらのスキルを使ったというわけではなさそうだ。

だからたぶん、というか確実に、原因は私の方にある。

空腹や眠気などが、私が強く意識するまで訪れなかったように、どうやらこの体は私の意識無意識に左右される不安定な存在だといっていい。

というよりは、まだ確定しきっていないというべきか。

一度覚えてしまった空腹感や眠気は消えないし、すでにこの体に馴染んでしまっているせいか、もとの脆弱《ぜいじゃく》な事務職の不健康な体をイメージしても元には戻らない。

では私が何をイメージした結果、少女から認識されるようになったかと言えば、たぶん私が彼女を旅の連れとして認識してしまったせいだと思う。

旅の連れ。仲間。パーティ。

餌付けし、距離を縮め、私は近づきすぎた。

画面の向こうの存在ではない、実体を持つ生き物に、私は意識を気持ちを傾け過ぎた。それがおそらく、ゲーム機能におけるパーティ・システムを発動させてしまったのだと思う。

ゲーム時代、プレイヤーはたいてい役割の違う他の《職業《ジョブ》》のキャラクターと組んで行動した。前衛と後衛、武器攻撃職と魔法職というように。

これらの面々がより効率的に団体行動できるシステムがパーティだ。

同じパーティに所属するメンバーは獲得できる経験値や金銭が平等に分散され、パーティ専用のチャットなどが使用できた。

このパーティ・メンバーには、私の使う《隠蓑《クローキング》》などの隠れるスキルが無効化され、半透明のオブジェクトとして見えるようになっていた。味方が見えないってのは問題だしね。

おそらく今、少女には私がそのように見えているはずだ。

試しにステータス画面からパーティ画面を開いてみれば、そこには「現地の少女」という身もふたもないネーミングで少女が登録されていた。

旅の連れと認識してしまったから登録され、しかし名前も知らないし、パーティ登録には相互の了承がいるし、厳密に仲間というわけでもないからなのか、本名やステータスを拝見することはできない。問答無用で看破するラノベの鑑定スキルみたいにはいかないようだ。

ついでに、いつの間にか増えていたトロフィー画面とやらを確認してみれば、先ほど聞こえた幻聴の『トイレトレーニング』の前に、たぶん寝てる間にでも獲得していたのだろうトロフィー『はじめてのおともだち（笑）』が登録されていた。

これ幻聴じゃなくてシステム音声かよ。システム音声が人をあざ笑うのおかしくない？

となれば、パーティ登録した覚えはないけれど、たぶんこれも私の意識次第なのだ。旅の連れだと、そう思ってしまったから、システムの方でそのようにしたのだ。

ゲームならパーティを解除すればそれで済んだけれど、いまはそれができない。いくら操作しようとしても言うことをきかない。解除さえも、私の認識次第のようだ。

だから私が彼女を旅の連れではないと認識すれば私の姿は見えなくなるのだろうけれど、いまさらそんなふうに気持ちを持っていくのは難しい。

森を抜け次第別れて、物理的に距離を置けば解除されるだろうか。そうしてもっと別の、感情移入しないような相手を見つけた方がいいかもしれない。あるいは定期的に寄生先を変えるか。

楽しげに歩く背中を追いかけて、私は重たいため息を吐く。

……重たい？

何を気重く感じる必要があるというのだろうか。

確かに新たな観察対象を見つけるのは面倒かもしれないけれど、人間とかかわることになるかもしれないのはもっと面倒だ。

私はあくまでも傍観者でいたいのだ。

舞台のそばの席は選ぶかもしれないけれど、舞台に上がって役者に声をかけようとは思わない。画面に向かってブラーヴォと拍手をしても、その向こうの相手と肩を組んで笑いあいたいとは思わない。

演じられた役を美しいと感じても、演じる役者と親しくはなりたくない。

舞台に浸って余韻を楽しむことはしても、その後の握手会はごめん被る。

私が直接かかわってしまったら、それは途端に現実を伴ったナマモノになる。

悍《おぞ》ましい何かになり果てる。

喜劇も悲劇も、人の美しさも醜さも、清らかさも汚らしさも、善も悪も白も黒も、全てははたから見ているくらいでちょうどいい。上っ面だけ、綺麗なところだけでいい。

当事者になるなんてのは、はなはだごめんだ。

誰にともなくそんな言い訳をして、私は意識をちらせるように森の中の景色に視線を泳がせた。

もとより森の中に踏み入ったことなどない都会育ちのもやしっ子だけれど、それでもこの森は、元の世界の森に比べて命に満ちているように思われた。

見たこともないような不可思議な生き物がうろつきまわり、自力で動き回る奇妙な植物がうごめいているだけではない。目には見えない何かの活力のようなもので満たされているような気がした。

私のような奇天烈な存在を許容する世界なのだ。実際に何かの力が働いていてもおかしくはない。

この少女にはそういう才能はなさそうに見えるけれど、魔法使いといった存在もいるのかもしれない。あるいは見た目にそぐわない少女の体力も何か不可思議な力の作用か。

火をつけるときに使っていた道具や、水があふれる謎水筒などの不思議製品もあるし、かなり身近な現象としてそのような物理法則ではない法則がはびこっているのかもしれない。

そういった品々や人々を観察することができればきっと面白いだろう。

街に出たら、誰か特定の人間につくのは止めて、しばらくそういった道具や街並みを観察することにしてもいい。

ゲーム時代の頃も、私はそういった小道具や背景などを調べては、ひっそりと隠された設定やフレーバーを楽しんでいたものだ。これでもちゃんとメインストーリーを遊んでいたし。

私の持ち歩いている道具の中には、フレーバーテキストが気に入って手放せないものもあるし、今までに入手したアイテムはすべて読み込んで楽しませてもらった。

例えば、回復アイテムである《濃縮林檎》にはこんなフレーバーテキストがついていた。

『年へた木々はついに歩き出す。獣たちにとって遅すぎるその一歩は、気の長い古木たちにとってはせっかち者の勇み足。豊かな実りは腰を据えなければ生み出せない。その前に根から腐り落ちなければの話だが』

ゲーム内の効果やドロップモンスターの攻略などには何らかかわりないが、しかし数多くのアイテムにいちいちこういった文章が飾られていて、それを読み込むだけで私は物語の世界に深く没頭できたものだ。

中にはイベントに深くかかわるものもあったし、複数のテキストを読み比べてはじめて見えてくる設定やつながりもあった。時に矛盾するテキストや、互いに互いを真と主張するテキストもあり、それゆえにこそ、人々が好き勝手に語る、古き時代のおとぎ話を思わせた。

そうだ。ゲーム自体よりフレーバーテキストの方が気楽だった。

ゲームをプレイするよりフレーバーテキストを集める方が楽しくて、誰かと組んでプレイするよりも、はたから眺めてその人々の紡ぎ出す物語を読み解くのが好きだった。

盃に注がれた余りにも濃い一献を飲み干すより、そこから漂う香り《フレーバー》づけをそっと楽しむくらいが性に合った。

この世界でもそうしよう。

そのようにしよう。

この世界の品々や人々に、丁寧なテキストはついていないことだろう。

誰もこの世界をつまびらかにはしてくれないだろう。

けれど、それ以上に確かな実存を持って、私に物語を与えてくれることだろう。

その上っ面を眺めて、わかった気になろう。知った気になろう。

本質にはかかわらないで、気楽な傍観者でいよう。

だから、やはり、この少女とは早めに別れた方がいい。

私はこの子に入れ込み過ぎた。かかわりすぎた。その引力に引き付けられすぎた。離れられなくなる前に、沈み込む前に、私は逃げ出さなくてはいけない。

生き物の紡ぐ物語はあまりに早くて、難解で、面倒だ。

埃をかぶり錆びつきかけた、神さびた物語を捲るくらいが、私には具合がいい。

一人で、静かに、穏やかに生きていきたい。

スローライフ。スローライフ。念仏のように唱えて。

そんな。

そんなことを、ぼんやりと考えていたからだろうか。

叫びとともに私を突き飛ばした小さな体が、血飛沫とともに転げるまで、私は当たり前の悪意が当たり前に牙を剥いたことに、まるで気づきもしなかったのだった。

「――危ない！」

知っていたはずだった。わかっていたはずだった。

世界は悪意に満ちていて、身を縮めて生きなければ、たちまちのうちに頭からヴァリヴァリ食べられてしまうのだと。

用語解説

・《巻物《スクロール》》
消費することで一回だけ、または設定された数だけ登録された魔法を使用できるアイテム。魔法職でなくても魔法が使えるが、使い捨てのわりに貴重で高価。

『内容説明ラベルは定期的に貼り直すこと。顔面を浣かれる愚かな学生が増えています』
・《蒸留水》
製薬や、一部アイテムと組み合わせて使用したりする清潔な水。これ自体には回復効果などはまったくない。

『おお、このように透き通った美しい水が他にあろうか！　まあもっとも、水清いせいで魚が死んだのは予想外だったが』

・《生命の水》

製薬や、一部アイテムと組み合わせて使用したりする高純度の蒸留酒。ステータス異常《酩酊》を付与する。

『私は毎回のように後悔してきた……酒など飲まなければよかったって……』

・パーティ

特にゲームなどで、チームを組んで行動する一行。《エンズビル・オンライン》ではパーティを組むと経験値を分配したり専用のチャットが使用できたりの恩恵がある。

・悪意

岸原閭にとって、世界は悪意に満ちていた。

第十二話　森の悪意

亡霊《ファントーモ》はあの夜のことを、またすっかり寝入ってしまったことを恥じているのでしょうか。

私が不思議な果実を朝食にと食べている間、うずくまったたましばらく身もだえして、それからなんだか諦めたようにどこからか取り出した果実をしゃくしゃくと齧り始めました。

昨夜は鴨鼠《アナスラート》の肉に泣くほど感動していたのですし、こんなにおいしい果実を食べているのならもっと美味しそうにしてもいいと思うのですけれど、亡霊《ファントーモ》はつまらなそうに手早く食べてしまいました。

両手で果実を持ってしゃくしゃくと食べる姿は鸚哥栗鼠《パパスチウロ》みたいでちょっとかわいかったですけれど。

心なしちょっと距離が遠ざかった気はしますけれど、亡霊《ファントーモ》はちゃんと私の後をついてきてくれました。最初はなんだか不気味で、不思議で、落ち着かなかったものですけれど、今はついてきてくれないと逆に落ち着きません。

あれです。

野良犬が微妙に懐いてきた時の感じと一緒です。

餌は食べてくれるのですけれど、手からは受け取ってくれませんし、ある程度の距離にも寄ってくれないのです。

それがだんだんと距離を近づけていってくれた時は本当に胸の奥から愛らしさが込み上げてきたものです。まあ私の胸は薄いので奥まですぐそこなんですけれど。

一度ふらっと姿を消しましたけれど、またすぐに戻ってきたので、ほっとしました。

ちゃんと追いついてこれたことに、おりこうさんですねー、と思わず完全に犬相手の対応をしそうになって堪えた私の自制心を褒めてもらいたいです。

なにしろ私は犬が大好きなのです。

犬と言っても街でお金持ちが飼っているような愛玩犬ではなくて、牧場で羊たちを守っている牧羊犬のことです。

私の実家の近くに牧場があって、よく遊びに行ってはそこの牧羊犬に構ってもらったものです。いまはさすがに体が大きくなって無理ですけれど、小さなころはよくそのふかふかの背中に乗せてもらって、羊たちが草を食みに上っていく急斜面の丘をかけてもらったり、お勉強をさぼって抜け出したことに気づいた女中が探しに来た時には足を借りて逃げ回らせてもらいました。

犬というものはまったく賢く心優しい生き物で、牧畜の神ファウノが人々のために生み出して遣わしたのではないかというほど。ともすればお嬢より頭がいいんでねえかと女中に真顔で言われたくらいでした。うなずけなくもありません。

亡霊《ファントーモ》は気難しそうですしまだあまり懐いてはくれていないですけれど、賢そうですし、綺麗ですし、大柄な所や黒いところもあの牧羊犬とよく似ていました。まだ家から出てそんなにたっていませんけれど、なんだか無性に懐かしくなってきました。

足速丸《ラピーダ》と名付けられたあの牧羊犬は、私の知る牧羊犬の中でも一等足が速く、二本の足でも時々絡ませて転んでいた幼い私を背負って、八本の足を実に滑らかに動かしてすいすいと険しい山肌を駆けてくれたものです。

また子どもができた時には、飼い主以外には警戒して見せてくれない卵から生まれたばかりの赤ちゃんを見せてくれ、抱かせてくれもしました。そのことを自慢したら、出来の悪ぃ仔犬と思われてんだべさ、と冷たい目で見られてしまいました。可能性は大です。

亡霊《ファントーモ》も気を許したら抱きしめさせてくれないでしょうか。

さすがにあのもふもふの毛並みは味わえないかもしれませんが、寂しがり屋の私としてはそろそろ他人の温もりが恋しくなってきました。おつきの侍女を置いてきた罰が当たっているのかもしれません。

まあでも、もうすぐ森を出てしまいますし、それまでにそのくらいに距離を縮めるのは難しいでしょう。亡霊《ファントーモ》がどういうつもりで私の後をついてきているのかはわかりませんけれど、森の外まで一緒に来てくれる保証はありません。

旅の道は出会いの道。そしてまた別れの道でもあります。

旅をしていく以上、かならず誰かと出会い、そして別れていかなければなりません。

寂しさもまた旅の土産《みやげ》と兄は言っていました。だから、仕方がないといえば仕方がないのです。

それでも、私はなんだか、放っておけないなあ、とそう思うのでした。

傷ついて、お腹を空かせて、それでも精一杯に自分を大きく見せながら、雨の中じっと黙ってたたずんでいる一頭の仔犬のように見えて仕方がないのでした。

きっとそれは私の勝手な想像でしかなくて、亡霊《ファントーモ》は迷惑に思うかもしれません。

けれど。

それでも。

だけれども。

もしも勝手が許されるなら、私はそんな彼女にそっと傘を差してあげたい。

暖かな布で包んで、柔らかい食べ物を与え、傷が癒えるまで隣にいてあげたい。

昔から私はそうでした。

命に責任を持てないのならば手を出してはならないと昔から言われ続けて、それでも堪え切れず野良犬や野良猫に手を差し伸べて、何度も引っかかれたり噛みつかれたり、時には力及ばず死なせてしまったりしながら、それでもまだ諦め切れずに同じことを続けている、どうしようもないポンコツなのです。

だから、きっと、なんとしても、なんて。

そんなことを考えていたからでしょう。

私は私なりの警戒や慎重さというものさえ、道に置き忘れてきてしまったようでした。

木々の幹に刻まれた縄張りを示す爪痕にも気付かず、私は不用心にその領域に立ち入ってしまったのでした。

最初に気づいたのは、何もないことでした。

あまりの静けさに、私ははっとして足を止めました。

獣の身じろぎ、鳥の鳴き声、虫のざわめき、木々の葉擦れ、そういった音がいつの間にか、おそろしいほどの静けさの中に消えていたのでした。

「これは……」

そうつぶやいたはずの声さえもが、どこに広がることもできず、空気を伝わることなく、喉元で不自然に消えてしまいます。

森の豊かな魔力さえも今は凪《な》いだように静かで、けれどどこかぴりぴりとひりついていて。自分の心臓の音さえもが、はっきりと聞こえるほどの静寂。

その静かな威圧感は、私がすでにそれの爪の届く距離にいることを確信させました。

木々の隙間を足音もさせずにのっそりとあらわれたのは、一頭の巨大な魔獣でした。

四つ足の今でさえ私を見下ろす巨体なのです。立ち上がれば大の大人よりもはるかに巨大なのでしょう。しかしその大きさと裏腹に、この魔獣はまったく足音をさせず、ぞっとするほど気配が希薄でした。

この魔獣のおそるべき濃密な魔力があたりの大気に干渉して、音を殺しているのです。

もしも私が、この不自然さに気づくこともなく呑気に歩いていたならば、きっとこの魔獣は音もなく背後に忍び寄り、何かを思う間もなく私の息の根を絶っていたことでしょう。もしかしたら、自分が死んだことにさえ気づけないまま。

それは巨大な魔獣でした。

それはおそろしい魔獣でした。

そしてそれは、ある種のぞっとするような美しささえ感じさせる魔獣でした
艶のない暗色の羽毛と、その下の分厚い筋肉は生半な矢を通さず、長い前脚に備わった太い爪はそこらの木などたやすく圧《へ》し折れるほどと聞きます。見開かれたような丸い目はどんなに深い夜の闇も見通し、音を殺して獲物に近づき、逃げる間も与えずに食い殺す森の捕食者。

熊木菟《ウルソストリゴ》。

出遭ったならかならず逃げろ、その時お前がまだ死んでいなければ。

森のことを教えてくれた猟師は私にそう言いました。

熊木菟《ウルソストリゴ》とはそういう、素人が戦うなんてことを考えてはいけない類の生き物なのです。

恩恵に自信のある私と言えど、何の準備もなしに真正面から向き合っていい相手ではありません。

ただでさえ大きく、強く、硬い強靭な生物である熊の中でも最悪。熊の類は種々あれど、熊木菟《ウルソストリゴ》の危険性はその中でも最上位にあるといっていいでしょう。

熊の多くが草食よりの雑食である中、熊木菟《ウルソストリゴ》はほとんど完全な肉食の魔獣です。

増えすぎた鹿や猪の類を捕食して森の均衡を保つ働きもしますけれど、同じく肉食の狼の類も平然と獲物にする貪欲で満足を知らない頂点捕食者。あの大きな角猪《コルナプロ》でさえ、この怪物にとっては何の苦もなく屠れることでしょう。

肉体そのものが強靭なうえに、このように音を殺して気配を絶つ狡猾さを併せ持ち、いざ争うとなれば風の魔術を扱うとまで言われる厄介な魔獣です。

幸い、かなり距離がありますし、出合い頭でまだ向こうもこちらを窺っている段階です。初夏ともなれば雪解けの春先と違って飢えに困っているということもないはずです。

私は目を合わせたまま、敵意がないことを示すようにゆっくりと後ずさり始めました。

鹿雉《ツェルボファザーノ》のときはこれでなんとかなりましたけれど……。

「……駄目みたいですね」

音にならないぼやき。

爛々と輝く二つの丸い目が、私をじっと見つめて離しません。

熊木菟《ウルソストリゴ》はゆっくりと立ち上がり、おもむろに前足を振り上げて、大きく後ろに振りかぶりました。

ただの獣であれば、威嚇のための行動と思うかもしれません。しかし相手は魔獣なのです。魔力を扱い、天然自然の魔術を生態とする獣。

それは私を獲物と見定めた、必殺の攻撃の動作でした。

きりきりきりきり、とかすかに何かを削るような耳障りな音。耳を澄ませなければ聞こえないような本当にかすかな異音。

――音が戻っている。

それは音が熊木菟《ウルソストリゴ》の支配から離れた証拠。

それは喜んでなどいられない危機の証明。

音が戻ったということは、隠れるのをやめたということ。周囲の大気に広げていた魔力を抑えたということ。抑えて、そして己のもとに集めているということ。

そして集めた魔力が、この静かな異音の正体。周辺の大気を縛って音を殺すほどの膨大な魔力を練りこんでおきながら、それでもなお静かであるというその事実に、背筋が凍りそうな恐怖を覚えます。

それほどまでに精密にして精妙な魔力の操作。それが生み出す破壊の予感。

それはおそるべき「手遅れ」が繰り出される致命的な気配。

まだ遠い。まだ距離がある。などという甘えは意味をなしません。

全身がその危険を直感していました。

避けなければならない。

どんな攻撃を仕掛けてくるかわからない。けれど、全力で避けなければならない。

さもなければ間違いなく死が襲いかかる。

なんてことは——まるで考えていませんでした。

私はその時、とっさに思ったのでした。

「——危ない！」と。

私の後方には、木々を見上げて興味深そうに眺めている亡霊《ファントーモ》の姿がありました。

まだ熊木菟《ウルソストリゴ》にまるで気づいていない、彼女の後姿が。

私の体はもうとにかく勝手に駆け寄って、その体を力いっぱいに突き飛ばしていました。

呆気にとられたような彼女の顔によかったと安堵した瞬間、私の体は横合いから見えない何かに殴りつけられたように激しい衝撃に襲われました。めきべきぶちゅんと内側から致命的な音をいくつも響かせて、そして地面に叩きつけられたのでした。

痛い、というよりもただただ熱さのようなものばかりを感じていました。

衝撃のあまり息が詰まり、身動き一つとれず、目の奥がちかちかと瞬きました。

指先がすうっと冷たくなって、ぴりぴりとしびれて、それから飽和していた痛みがようやく感じられる程度までに落ち着いてきて、全身から悲鳴が上がりました。

何とか顔を上げると、そこには尻もちをついたまま私を見下ろす亡霊《ファントーモ》の姿がありました。

少し、私の血で汚してしまったようですけれど、彼女には怪我はないようです。

よかった。

私はほっとして一つ微笑んで、それから逃げるように伝えようとしました。

しかし声を上げようとすれば、体の内側で折れた骨がどこかに引っかかったのか、猛烈な苦しさとともに血を吐き出すことしかできませんでした。

困ったな。

せっかく助けられたのに。

逃げて。あなただけでも。

咳き込む私を見下ろしながら亡霊《ファントーモ》はゆっくり立ち上がり、それからゆっくりと熊木菟《ウルソストリゴ》に顔を向けたのでした。

そっちじゃない、駄目、そう言いたいのに、私の体は動いてくれません。

亡霊《ファントーモ》は軽く小首を傾げて、それから外套を軽く払って、乱暴なしぐさで頭をかきました。

そして私は、初めて彼女の声を聞いたのでした。

それは思っていたよりも少し低くて、思っていたよりもよほど不機嫌そうで、そして思っていた通り、とてもきれいな声でした。

「本当に、どこの世界も、どいつもこいつも、どうしてこう――」

久しぶりに感情が乱立して整理するのも大変だが、まあ大別して怒りと苛立ちと不満と、まあそこらへんだと思う。

前の世界もこうだった。有象無象《うぞうむぞう》有形無形の悪意に満ちていた。

呪いに満ち、痛みに満ち、満ち満ちていた。満ち溢れていた。

溢れ出た悪意で、呪いで、痛みで、取り巻くすべてが汚染されていた。

その悪意の中で生きていくことを当然のように要求された。

あまりにもありふれた悪意こそが私にとっての世界だった。

どいつもこいつも私の道を塞いで邪魔して汚して遮って、安穏の地は四畳半にも満たない画面の中だけだった。

私はそれを受け入れてやった。生まれた時から満ち溢れていた悪意の海で、悪意を吸い、悪意を吐き、悪意を食み、悪意を吐き、悪意を見て、悪意を吐き、悪意を聞き、悪意を吐き、悪意に触れ、悪意を吐き、悪意の反吐に浸されて生きてきた。

だって私自身がその悪意の世界に生れ落ちて、悪意とともに育ってきたのだから。

だってわずかな希望にすがってもそれに悪意の前にたやすく失われてしまうものだから。

抗っても仕方がなかった。

そうある世界で、そうでない生き方を探すなんて浪漫を求めるには、私はいささか小賢し過ぎて、どうしようもなく臆病だった。

だから嬉しかった。

そんな世界とおさらばできて本当に幸せだと思った。

本当に本当に幸せだと思った。

けれど、どうやら人間が行けるところは、人間が生けるところは、あるいは命のある限り、どこもかしこもどいつもこいつも悪意というものに侵されているらしい。

願っても叶わず、祈っても届かず、努力は報われない、そんな世界であるらしい。

ならまた諦めるのかと言えば、そう簡単にいくほど私は諦めがよろしくないらしかった。

最初からないものを嘆くことはできない。けれど、与えられたと思ったものを、目の前で奪われたのなら、それは堪《こた》えようのない苦痛だった。

私にとってこの世界は希望だった。

この世界は夢だった。

この世界は浪漫だった。

すべてがうまくいくなんて思ってはいなかったけれど、それでも、きっと素晴らしいものが待っているのだとそう信じたかった。

彼女のあとをついていけば、そういう物語が紡がれていくのだと、そう信じていたかった。

それが、それがこんなことになるというのならば、こんな形で打ち砕かれてしまうというのならば、私は断固としてそれに抗わなければならなかった。

それは怒りで、それは苛立ちで、それは不満で、それは悲しみで、それは驚きで、それは愛しみで、それは心配で、それは悔しみで、それは憎しみで、それは、それは、そう。

——ふざけるな、という叫びだった。

「ふざけるなよ熊もどき。トチ狂った顔しやがって、肥え太った程度で猛禽類が人間様に牙むいてるんじゃないぞ牙もない癖に」

かつて私は悪意に抗う術を持ち合わせていなかった。

身をかがめて透明な嵐が通り過ぎるのを怯えて待たなければならなかった。

透明な幽霊になって隠れ潜まなければならなかった。

すりつぶされて消え去ることしかできなかった。

でも今は違う。

誰が与えてくれたか知らないけれど、今の私には規格外の体と、馴染みに馴染んだゲームの仕組みが備わっている。

私は《隠蓑《クローキング》》を解除してフクロウ面の熊の前に姿をあらわし、挑発するように声を張り上げてヘイトを集める。

熊もどきは私に気づき、困惑するように首をかしげたが、それでもすぐに攻撃を開始する。

やつが大きく腕を振り上げてこちらに振るうと、おそろしい音を立てて遠く離れた木立が引き裂かれて崩れ落ちた。

けれどそこに私はいない。すでにいない。

ほんの半歩踏み出しただけで、私の体は無傷のまま。

熊もどきは困惑し、羽を逆立てて威嚇するように吠え立てる。

反射的にひるみそうになる身体を抑えて、私は熊もどきをにらみ返した。

そうだ。怖くはない。怖くなどない。

いまも身体は自然に避けられた。おそれるな。

熊もどきが次々に爪をふるうと、そのたびに見えない何かが私のそばをすり抜けて、背後の木立を破壊していく。

私は少女が流れ弾に当たらないよう、射線をずらすようにしながら熊へと歩みを進める。

おそらくは風を固めて飛ばしているんだ、と見えもしないまま避けてから気づく。

軽いはずの空気が、まるでハンマーみたいな重さと、斧みたいな刃になって、進行方向上のすべてをずたずたに引き裂いていくおそろしい技。

かすかに軋むような音しかしないそれは、本来であれば初見殺しの不可視の一撃だったのだろう。

もしもあれが直撃したら、私の体はあっけなくふき飛ばされ、引き裂かれてしまっただろう。

……あの少女のように。怒りが恐怖をやや上回る。

いくら最高レベルまで鍛えていても、私のステータスは貧弱だ。直接戦闘向きではない。装備品も、防御を重視していない。当たれば死ぬだろう。この熊もどきの攻撃は、それほどまでに侮れない破壊力を秘めている。

だが、それも当たればの話だ。

かすっただけで巻き込まれてずたずたに引き裂かれるだろう、不可視の破壊の嵐。

私の体はゆっくりと歩きながら、それをすり抜けていく。ほんの半歩、横にそれるだけで、凶悪な破壊力ははとたんに意味を失う。

私にはそれが見えない。空気を目で見ることはできない。しかし、私の体は何の問題もなく、すべての風撃を回避してしまう。

そう、しまう、だ。

私自身が避けようと意識しているわけではない。

私の体は、攻撃に勝手に反応して回避動作を取っている。

ゲーム時代も回避判定は自動だったから、この体も自動で避けているのだろう。見えようが見えまいが、私が意識していようがいまいが、何の区別も関係もなく、この体はたやすく避けてしまう。

当たれば死ぬが、当たらなければ関係ない。

自慢でも何でもないどころかまったくの自虐だが、私は運動神経がよろしくないので、自動で動いてくれるのはありがたい。そしていまやその自動回避が万全であることを確認できたことで、私の精神状態もまた落ち着きを取り戻していた。

そうだ。おそれるな。確信をもって挑め。当たるはずがない。当たるわけがないのだ。そうなるように育て上げてきたのだから。そう確信しろ。それが私の力になるはずだ。

「まったく。まったくくそったれめ。私は戦闘なんて苦手なんだ」

私が鈍いのは運動神経だけでなく、ゲーム内での戦闘も得意ではなかった。

というかあまり興味がなかったから戦闘技術を高める必要がなかった。

ごり押しでやっているだけでも経験値は入るし、時間さえかければレベルは上がる。金さえかければ装備も手に入る。

だから、普通のプレイヤーからすれば時間をどぶに捨てているといわれるような育て方も、正気の沙汰ではないといわれるようなステータスの割り振りもできた。正気を捨てて時間をかけるのは、得意だったから。

まともに戦闘をしようと思えば伸ばさざるを得ない他の能力を完全に捨てて、私のステータスは本来補正的なものである幸運値《ラック》を最大限まで極振りしている。

命中率や回避率に補正を加え、アイテム入手率に補正を加え、《技能《スキル》》成功率に補正を加え、そのあらゆる確率の絡むところに補正を加えるけれど、補正以上ではないはずの幸運値《ラック》。前提として固定値がなければ意味をなさないはずのステータス。

その、幸運値《ラック》特化。

装備も攻撃力や防御力などまったく考えずに、すべて幸運値《ラック》が最大限伸びるように組み合わせてある。課金アイテムで伸ばしさえしている。

基本攻撃力がまるで上がらない中、アイテムと回避率だけを頼りにごり押しで敵を倒して経験値と素材をかき集めて、途方もない時間と不毛なほどの労力をかけて、そしてようやくできたのがこの選りすぐりの浪漫狂《ニューロマンサー》が一柱。

結果として、私の素の回避率は驚異の一八二パーセント。クリティカル率はシステム上限の九十九パーセント。

普通なら必中の攻撃だろうと、外れる確率がある限り私の体は回避可能だ。完全に回避したあともう一回八割がた回避できる、という意味不明の数字の暴力。

回避しようのない範囲攻撃や、拘束されて逃げ場のない状態でもなければ、サイコロを十度振ろうが私には指先さえも届きはしない。奇跡を何度か重ねてようやく届くレベルだ。

他になんにもできないけれど、確率の絡むことであれば、私に突破できない難関はない。

たとえこの熊もどきが一撃で私を殺すことのできるスペックを持っていようが、腕を振るうだけで森を削るような破壊の嵐を吹き荒れさせようが、いっさい合切関係なく、ただ当たらないという結果だけを持ってくる。

それは雨の中を傘もなしに歩いて、濡れずに通り抜けるような確率の暴力。奇跡の安売り。

たとえ後ろを向いていようと、私は運よく攻撃を避けてしまうことだろう。

「だから私のことなんて気にしなくてよかったのに……」

知らなかったとはいえ、少女は私をかばって傷ついた。

あるいは彼女ならば、物語の主人公じみた善性を見せつけた彼女ならば、知っていてもそうしてくれたのだろうか。

私はその彼女が傷つけられたことに怒り、苛立ち、不満を覚え、悲しみ、驚き、愛しみ、心配し、悔しみ、憎しんだ。この世界の悪意を呪った。

ふざけるなとそう思った。

そしてそれ以上に、応えねばならないと思った。

その善性に、応えねばならないと決意した。

応えられないならば、生きている価値などなかった。死んでいく価値さえなかった。幽霊でさえない透明な残骸になり果ててしまう。

彼女の物語をバッドエンドで終わらせることなく、正さなくてはならない。

私は歩を進める。

熊もどきは狼狽し、いよいよ狂乱したように爪をふるい、風の刃を暴れさせる。

そのそよかぜに髪を遊ばせながら、私は一本の針を引き抜いた。

それは小さな針だった。指先でつまめる程度の、細く、小さな金色の針。

そのちっぽけな針こそが、私の武器だった。

《死神《グリムリーパー》》たる私が、敵に死をもたらす必殺の武器。

――《死出の一針》。

魔境じみて混沌とした《エンズビル・オンライン》の中でも最高峰の武器の一つにして、最底辺の産廃武器。それがこれだ。

さて、私の《職業《ジョブ》》、《暗殺者《アサシン》》系統の最上位職である《死神《グリムリーパー》》は、極めて強力な能力を携えて、満を持して実装された。

生きているならどんな相手でも殺せる、というのが《死神《グリムリーパー》》の掲げた売り文句だった。死神を名乗るのにふさわしい能力を謳《うた》っていた。

即死効果、というものがある。

相手の体力や防御力に関係なく、条件を満たせば即座に相手を死に至らしめる効果。

強力にも感じられるけど、実態としてはたいていはレベルの低い相手にしか通じず、低確率でしか発動せず、抵抗されることも多い。

決まれば一撃だが、まあ期待はできず、当たれば嬉しいなという博打みたいなものだ。

まあそれもそうだろう。

簡単に敵を倒せるような効果が何の苦労もなく発動するならば、みんながそれを狙うようになる。

それはゲームとしての選択肢や可能性を狭めるだけだ。

そんな中で、《死神《グリムリーパー》》は、その即死効果を大いに喧伝した《職業《ジョブ》》だった。

敵の種族や属性に合わせた多彩な即死効果持ちの専用武器。ゲーム内唯一の範囲即死攻撃。条件付きで即死効果を発動させるゲーム性のある《技能《スキル》》。

期待できない博打でしかなかった即死効果を、楽しむ余裕のある魅力を持たせて取り上げた。

その中でエンド・コンテンツとして用意された専用武器が《死出の一針》だ。

《エンズビル・オンライン》では基本的にボスモンスター――というのはみんな即死耐性を持っている。

強力で強大なボスを簡単に倒せてしまってはバランスが崩れてしまうからだろう。

しかし《死出の一針》はその即死耐性を無視して効果を発動させる《貫通即死》の特性が与えられていた。生物であるならば、最高難易度のボスでさえも即死させられる凶悪な特性。

これを使用すれば、運がよければソロであっても強大なボスを瞬殺できる。その強力さゆえ、入手する難易度も最高クラスと言っていい。

というよりは、エンド・コンテンツ級の専用武器はどれもみな、そもそもボス程度は難なく突破し、何ならそれを周回できる程度の実力があってはじめて手に入るものだ。

廃人レベルのプレイヤーにとって、その程度の難易度はいつものことでしかない。

大多数で長時間タコ殴りが前提のレイドボスでさえ、決まれば一撃の公式チート。

けれどそれさえも、そのレイドボスを周回してようやく手に入るようなものなのだから、バランスが崩れているともいえない。そのレベルのプレイヤーにとってはちょっとしたおまけ程度の価値だ。

「そのおまけ程度の価値がちゃんとあればよかったんだけどね」

ただし、その発動条件は『低確率で発生する会心の一撃《クリティカルヒット》が決まった際に超低確率で発生する』というものだった。当然のようにさらにモンスターの即死耐性の強さによっても判定がなされるから、実際の確率はさらに低い。

それは普通に戦闘して倒す間に一度発動するかどうかという渋さだったのである。

その渋い発動条件の上に、見た目通りのただの針でしかないこの武器に設定された武器攻撃力は、わずかに〇・一。森で拾える最弱の武器《木の枝》の武器攻撃力三を大幅に更新する最弱。最上位職専用武器としてあるまじき数値である。

もとより素早さ《アジリティ》と器用さ《デクステリティ》を伸ばして、高速の連撃と会心の一撃《クリティカルヒット》の連打で敵を削るのが《暗殺者《アサシン》》系統だからして、低確率×超低確率の博打に挑戦するというのはなくはない。

しかしそれも、普通の戦闘のついでに決まれば嬉しいなというものであって、武器攻撃力〇・一ではそもそもダメージが通らない。ゆえに《貫通即死》が決まるか逆に延々と時間をかけてすりつぶされるかという嫌な二択になってしまう。

誰だって、普通にやってれば三十分で倒せる相手を、当たるかどうかもわからない博打任せで倒そうとなんてしたくもない。一秒で終わるかもしれないが、ほぼほぼ確実に普通より時間がかかるならば何のメリットもない。ドロップ品が変わることもない。

専用武器の特殊性を除けば、いくらかスキルが魅力的なものもあるものの、総合的には微妙な上位互換でしかない《死神《グリムリーパー》》は瞬く間に廃れた。誰も選ばなくなった。少なくともメインで育てるものではない。

はっきり言えば、《死神《グリムリーパー》》は産廃職となった。

この《死出の一針》という産廃武器によって。

そうして廃れた上に、もともと隠れ潜むスキルが豊富なこともあって、同じ《死神《グリムリーパー》》の私でさえ、サーバー内で三人くらいしか知らない。それも動画配信してるからだった。

ではこのちっぽけな針には、凶暴な熊もどきに抗う術がないのか、というと実はそうではない。

長々と語ったのは、私がそんな産廃武器を使いこなしているという数少ない武勇譚《よたばなし》のためだ。

私は《死神《グリムリーパー》》の持つ隠れ潜む《技能《スキル》》や装備がどうしてもほしかった。戦闘をしたくないので即死で済ませたかった。私の人様のプレイを眺めて悦に浸るという悪趣味なプレイスタイルを確立するためにはどうしてもほしかった。

だから、戦える術を探した。

その結果が、この体だ。

どんな攻撃も避けられる可能性があるなら確実に避け、どんなに素早い相手でも当たる確率があるなら攻撃を叩きこめる幸運値《ラック》一極集中のステータス極振りモンスターマシン。

まともに攻撃を食らえば一撃で沈むし、逆にどれだけ殴ってもまともにダメージの通らない貧弱さを補ってあまりある、全面最大値のサイコロで殴りつけるがごとき幸運値《ラック》の固定値殴り。

ただ運がいい。

それだけ。

ただそれだけを、全サーバーでいっさいの追随を許さないほどに伸ばした公式記録持ち《レコードホルダー》の幸運値狂い《ラックマニア》。

他に何もできないけれど、ただそれだけはできる。

ただそれだけはできるけれど、他に何もできない。

それが私。

それが選りすぐりの浪漫狂《ニューロマンサー》の一柱。

私は軽々と熊もどきの攻撃をかわして、針の届く距離までを一息に詰める。

すべてを置き去りにする素早さ《アジリティ》も、死地を潜り抜ける器用さ《デクステリティ》もいらない。

ただただ運よく、私の幸運値《ラック》は私をそこへと運ぶ。

「命を運んでくると書いて運命、か……私が運ぶのは死の方だけど」

中二病じみたくさいセリフだけど、それが事実だ。

生臭い吐息と獣臭が鼻先に届くような距離で、私は熊もどきの顔を正面から見据える。

熊もどきは私の接近に驚き、そして私の手にある《針》に何かの脅威を感じ取ったか。

周囲に暴れさせていた風の刃を爪に集中させて、空間ごと断ち割るようなおそるべき一撃が振り下ろされた。

私の隣に。

なんの意味もなく。

なんの甲斐もなく。

ただ半歩よろめいただけの私に、凶悪な爪は触れられなかった。届かなかった。

そしてもう、永遠に届くことはない。

「だから、戦闘は苦手なんだ」

私には戦闘なんてできない。

そしてこれは戦闘ですらない。戦いにならない。

こんな私が攻撃すればどうなるか。

幸運値極振《ラック》りの私が運頼りの《死出の一針》を扱った場合どうなるか。

答えは決まり切っている。

熊もどきの胸元、ほんの小さな一点がかすかに光るのが見える。

ああ、それか、と私は自然に感じ取っていた。

はじめて見る光。

かすかで、淡く、美しい光。

それが答え。

それが運命《さだめ》。

「それがお前の命か」

家の鍵でも差し込むように、力みもなく、派手さもなく、私の摘まんだ針がそっと差し込まれる。

空気にでも差し込んだようなあまりにも軽い手ごたえとともに、しかしあまりにも致命的な何かを貫いた感触が、私の手元に残った。

光が消える。

ともしびを吹き消すように、ふっと、呆気なく消える。

熊もどきの全身に満ちていた活力が瞬く間に抜け落ち、その体がずるずると地に沈んだ。

それはまるで眠るように。眠りに落ちるように。永遠の眠りに沈む。

血も流さず、声も上げさせず、苦しむ間もなく、ただただ、殺す。死なせる。

戦闘でも何でもない、一方的な死亡宣告。それこそが、極まった廃《死神《グリムリーパー》》の至るところだ。

フレーバーテキストにはこうある。

『何者であれ死神の持つ一針を恐れぬ者はなかった。髪の毛の先ほどの、ほんの小さな一点を刺されれば、ただそれだけで偉大な王も道端の乞食も、分け隔てなくその命を散じるのだった』

そのようになった。

ふわりと私の体に何かが流れ込むのを感じた。きっとそれはゲーム的には経験値と呼ばれるもので、そして今まさに終わらせた命そのものだったのだろう。

猪を屠ったときには動揺していて気づかなかったそれが、確かに生命を奪った証として私の中に刻まれるのを感じる。

『トロフィーを獲得しました！：命の選択』

私を嘲笑う声が響く。底抜けに陽気な声が。

そうだ。私は選んだ。命を選んだ。

猪の時は、ただただ反射的に奪った、奪ってしまった命を、私はいま自分の意志で奪い取った。

傍観者であれば見送るべきだった舞台に、私は飛び込んでいた。

これは違うと。

こんなものは違うと。

脚本にケチをつけ、演技に文句をたれ、舞台に飛び込んで荒らしまわった。

それは傲慢な選択だった。

少女の命と、熊もどきの命。

ふたつを天秤にかけて、一方を選び取った。

本来平等に無価値である命を、自分勝手な秤で選んで摘み取った。

こっちの物語が読みたいからと、あっちの物語を破いて捨てた。

私はその事実を、その選択を、認めなければならない。受け入れなければならない。

私が選び、私が奪った。

当たり前の日々を当たり前に過ごしていただけの熊もどき。

ああ、そうだ。お前は何も悪くなかった。

お前に悪意はなく、お前に悪気もなかった。

ただ、どうしようもないほどにどうしようもなく、運が悪かった。

本当に、それだけだった。

だからまあ、恨むなら私だけにしておくれ。

くずおれた死体を放置して。私は足早に少女のもとに駆け戻る。

私の方に攻撃を引き寄せて回避盾に専念していたおかげで、流れ弾もこっちにはきていない。

しかし、少女の傷は決して軽くはなかった。大怪我なんて見る経験がなかったから詳しくはわからないけど、意識は曖昧で、出血もひどい。

口元に手をやれば浅い呼吸が、首筋に手をやれば弱い脈が感じ取れる。

しかしそれも長くはもたないだろう。地面にはあたたかな血が広がりつつある。

このままではショック死か、出血死か。

なんにせよ、なにもしなければ死んでしまう。

でも医療の心得なんて、と焦りそうになって、私は頬を張る。

「……馬鹿か私は」

あれだけ盛大に大立ち回りして暴れておいて、あっさり忘れるなんて。

いまは現実に逃げている場合ではない。ファンタジーがここにあるのだから。

私はベルトから小瓶を引き抜く。

手のひらに収まる程度のそれは《ポーション（小）》。体力回復アイテムだ。

ゲームではHP《ヒットポイント》がわずかに一しかなくても、これ一本で持ちこたえて回復したのだ。死んでさえいなければまだ間に合うはず。

瓶を傾けて少女の口にあてがったが、意識が朦朧としているからか、それだけの力がないのか、飲んでくれない。無理に流し込もうとして変なところにはいったら目も当てられない。

《ポーション（小）》はフレーバーテキストによれば飲み薬であって、振りかけることでは効果が期待できそうにない。なんで飲むと回復するんだクソファンタジーめ。外傷なら傷口にかけるものだろうが。

頭を掻きまわし、そして仕方がないと肚《はら》を括《くく》った。

いまは悩んでいる時間こそ惜しい。

「動けないのが悪いんだ。あとで恨むなよ」

私は瓶の中身をあおり、少女の頤《おとがい》を持ち上げる。

あいにくと、他に方法は知らなかった。

用語解説

・鸚哥栗鼠《パパスチウロ》（Papasciuro）
インコリス。小型の羽獣。素早く動き回り、主に樹上で生活する。木の実や種子などを好んで食べ、虫なども食べる。

・牧羊犬
牧場などで羊を誘導したり、外敵から守ったりするために飼われている。主に八足で、卵生。

・牧畜の神ファウノ（Fauno）
家畜と田野、森を守る神であるとされる。森の獣のうち大人しいものを選んで、家畜として人々にもたらしたという。また時には予言を与えるとも。

後肢がヒトの腕である山羊の姿であり、背に生きた人皮を負うとされる。

温厚で恵みを与える神だが、森で不意に遭遇した際には、決して目を合わせてはならず、声を聞いてはならない。森で叫びながらうろつくもの、裸で踊り狂うものは禁を破ったものであるという。

・熊木菟《ウルソストリゴ》（Ursostrigo）

クマズク。羽獣の魔獣。風の魔力に高い親和性を持つ。大気に干渉して周囲の音を殺し、巨体に見合わぬ静けさで行動する森の殺し屋。風の刃を飛ばす遠距離攻撃の他、大気の鎧をまとうなど非常に強力。肉は適切な処理をしなければ、硬く、臭く、不味い。

・《死神《グリムリーパー》》

産廃職。特殊なスキルや《貫通即死》の専用装備以外は《暗殺者《アサシン》》系統の微妙な上位互換で、肝心な専用装備も普通に使おうと思うとまるで意味がない。尖り過ぎたステータスのものでもなければ使えないうえに、その尖り過ぎたステータスだと即死無効の無生物に対抗できない。

使いこなすプレイヤーが出てきてしまったせいで弱体化《ナーフ》が繰り返された。

『アジャラカモクレン、キュウライス、テケレッツのパーっ！』

・《死出の一針》

クリティカルヒット時に低確率で発動という超低確率でしか発動しないが、即死耐性持ちでも問答無用で殺す《貫通即死》という特性を付与された武器。しかしあまりにも武器攻撃力が低く、その取得難易度もあって普通に戦った方が早い。

『何者であれ死神の持つ一針を恐れぬ者はなかった。髪の毛の先ほどの、ほんの小さな一点を刺されれば、ただそれだけで偉大な王も道端の乞食も、分け隔てなくその命を散じるのだった』

・《選りすぐりの浪漫狂《ニューロマンサー》》

《エンズビル・オンライン》において、極振りをはじめとした尖り過ぎた性能を鍛え上げた廃人諸君を畏敬と畏怖とドン引きを持って呼び習わすあだ名。またその面子の所属するギルド。キャラも狂っているしプレイヤーも狂っているともっぱらの噂。酔狂で大規模ＰｖＰに参戦した際に敵味方問わず盛大な犠牲者を出しているはた迷惑な面子。

最終話　ゴースト・アンド・リリィ

チチチ、チチチ。

鋭く、甲高いさえずり。

あれは雲雀《アラウド》でしょうか。それとも小夜鳴鳥《ノクタカーント》？

近く、遠く、高く、低く、煩《わずら》わしいさえずりに、安らかな眠りは打ち破られてしまいました。

目が覚めて最初に思ったのは、うるさいなという文句。

そして次には、お腹が空いたなということでした。

疲れ果ててぐっすりと眠りについた後のように、胃袋が空腹を訴えてわめいていました。

朝餉の支度を。なにがあったっけ。眠い。でもおなか減った。なにかかじれるものでも。

動かなければと頭のどこかでは思うのですけれど、ひどい眠気が頭蓋の内側にしつこくへばりついて、なかなか離れてくれません。

横たわったままぼんやりとしていると、木漏れ日がちかちかと目に入って、わずかに残っていた夢の残滓《ざんし》を少しずつ流し去っていきます。

夢。

そう、なにか。

なにか、夢を見ていたような気がしました。

はっきりとは思い出せませんけれど、なにか、優しい夢。

何かあたたかくて大きなものに包まれ、触れ合ったような、そんな曖昧《あいまい》な夢。

木漏れ日に晒《さら》されて消えていく夢のしっぽをつかみ損ねて、私はぼんやりと唇に触れました。

なにか奇妙な物足りなさに指先を少しかじると、空腹と眠気が少し落ち着きます。

どうして寝ているのだろうと回らない頭で考えて、今朝食べた不思議な果実のこと、亡霊《ファントーモ》のこと、森の景色などが順繰りに思い出されて行って、そして熊木菟《ウルソストリゴ》のことを思い出した途端、私はがばりと起き上がりました。

熊木菟《ウルソストリゴ》！

あのおそるべき襲撃者！

あいつはどうなったのか。

それに、それに彼女はあのあと？

そして急に立ち上がったせいか一瞬くらっときましたけれど、こらえて何とか踏みとどまります。

そうでした。

私は確か、熊木菟《ウルソストリゴ》の攻撃を受けたはずでした。

見えない大槌、あるいは棘付きの鉄球、そしてまたあるいは巨人の鉤爪で殴り抜かれたような衝撃が全身を襲い、体の中から致命的な音が聞こえたはずでした。

いかに私の恩恵が強く、私の体が頑健さを発揮できようとも、それは私の意志があってのこと。

寝ている間に怪力で寝床を破壊したりしないように、魔力の恩恵は私が気を張っていなければ最低限の弱いものです。

きちんと修行すればどんなときでも体を強化していられるようですけれど、あの時の私は亡霊《ファントーモ》を庇《かば》うことで頭がいっぱいで、すっかり無防備なところに攻撃を受けてしまったのでした。

しかし見下ろす体はいたって健康で、ぺたぺた触ってみても痛みを感じないどころか、骨が折れた様子もありません。丈夫な飛竜革の鎧にはわずかな傷が見られるだけ。私が吐き出したのであろう血がこびりついていましたけれど、私自身の肌には裂けたところの一つも見当たりません。

口の中の血の味や、鎧に残る血の跡が、あれは夢などではなかったと確かに言っているにもかかわらず、私自身はまるで何事もなかったかのようにけろりとしているのですから、わけがわかりません。

あまりの奇妙さに私が考えることを放棄したのは仕方のない話だと思います。もとより私はあまり頭の回転がよろしい方ではないのです。

「いったい、なに……んんぐぐ……げほっ、けほっ、けほっ！」

込み上げてくるものがあって、けほけほげほげほげほげーおえっほと咳き込むと、固まりかけてどろりとした赤黒い血の塊がびちゃりと落ちました。

それはいましがた内臓かどこかから出血したというよりも、体の中にたまっていたものが吐き出されたという具合でした。

また鼻がかさかさするので手鼻を切ると、乾燥してかぴかぴの鼻血が飛び出ていきました。

なんというか現実感に乏《とぼ》しいのでいまいち実感がわかないのですけれど、これってかなり大怪我してたのではないでしょうか、やっぱり。

寝起きでふだん以上に回らない頭を巡らせてみると、少し離れた木立に熊木菟《ウルソストリゴ》の姿が見えて思わず身構えました。

しかし、糸の切れた操り人形のように転がる巨体からは、生命の気配がまるで感じられません。

その穏やかなことはまるで眠っているようでさえありましたけれど、眠りとは違い熊木菟《ウルソストリゴ》は身じろぎもせず、呼吸さえもしていませんでした。

それは確かに死んでいるようでした。

冷静になって周囲を窺えば、濃密な魔力によって殺されていた音はすっかり元に戻り、森のざわめきが戻っていました。

そしてそんな穏やかさと裏腹に、木立のあちらこちらが無残にもずたずたに引き裂かれて、木っ端が散らばっています。

いったい何があったというのでしょうか。

いいえ、きっと熊木菟《ウルソストリゴ》があばれに暴れまわったあとだとは思うのですけれど、それにしては、その破壊のあとには、血や肉と言った生物同士の争いの結果として見られる痕跡がありません。

見上げてみれば、森の木々が深いためはっきりとはわかりませんが、お日様の位置からしてもそれほど時間がたったようには思えません。

それこそ、つい転寝《うたたね》をしてしまって、はっと目が覚めたら何もかも終わってしまっていたような、そんな具合でした。

夢。

そういえば夢の中で、亡霊《ファントーモ》の姿を見たような気がしました。あたたかで黒い、大きな影。

「そう、そうです、亡霊《ファントーモ》……っ！」

私ははっとして、慌ててあたりを見回しました。

私は彼女を突き飛ばして助けようとしたのですけれど、あの後どうなったのでしょうか。

幸い、彼女の姿はすぐに見つかりました。

影のように透けてしまうこともなく、ひとりの人のように、実体としてそこにいました。

彼女は少し離れた木陰に腰を下ろして、皮張りの本のようなものに目を落としていました。

頭巾を下ろして長く豊かな黒髪を肩口に流し、時折顔にかかる髪を煩わしげにかきあげる姿は、ちらちらと光を落とす木漏れ日もあって、一幅《いっぷく》の絵画か何かのように静かな調和を持っていました。

その静かな調和に突進を仕掛けたところ、全力で回避されて木肌に顔面からご挨拶と相成りました。

「なんで避けるんですか⁉」

「そりゃ避けるよ」

頭突きで盛大に砕け散った木肌を、頭を振るって払っていると、意外にも返事が返ってきました。

見上げれば、呆れたように本を閉じ、外套の下にしまう亡霊《ファントーモ》の姿が確かにありました。

彼女は、確かにそこにいました。静かにそこにたたずんでいました。

なんだかそのことがしみじみと胸の中に染み入ってきて、木に体をあずけるようにずるずると脱力してしまいました。

気づけば私は泣き出していて、ほろほろと涙がこぼれては止まらなくなっていました。

「……悪かったよ」

「ち、違うんです」

ばつが悪そうにする亡霊《ファントーモ》に、私は首を振りました。

「何が」

「よ、よか、よかったなあって」

「はあ？」

「あ、安心したら、気が、抜けちゃって」

もしも気を失った後、亡霊《ファントーモ》も熊木菟《ウルソストリゴ》にやられてしまっていたら、たとえいま元気でも、きっとすごく後悔したことでしょう。

守ろうとして、庇おうとして、それがなんにもならず、助けになれず、私が頼りないせいで彼女が死んでしまっていたらと思うととても悲しくなります。

だから、彼女がこうして元気でいることに、たまらなくほっとしたのです。

そういうことをつっかえつっかえ涙交じりに鼻水交じりに説明したところ、彼女は呆れたように困ったように顔をしかめて、それから手巾《てふき》を寄越してくれました。

私は流れる涙を拭って目元を抑え、涙が収まってきたのでちーんと鼻をかみ、ようやく落ち着いてきました。

手巾を返そうとするととても嫌そうな顔で「いらない。あげる」と言われてしまいました。肌触りもいいしとてもよい品のようですけれど、いいのでしょうか。

「本当に、こころから、マジで無理なのでいい」

断固として固辞されたので仕方なく下服の隠しに押し込みます。

さて。

落ち着いたので再度腰のあたりを狙って組み付こうとしたのですけれど、やはりひらりとかわされました。

「なんで避けるんですか⁉」

「今しがた自然破壊した威力でタックルなんぞされてたまるか」

「納得の理由！」

感動の抱擁のつもりで、うっかり実家のノリでじゃれついてしまいましたけれど、考えてみれば私はかなり恩恵が強い方なので、手加減なしに体当たりしては危なかったかもしれません。

亡霊《ファントーモ》は背は高いですけれどお腹は細いですし、うっかりめきべきとへし折ってしまうかもしれませんからね、気を付けなくてはいけません。経験あります。人間は柔らかいんですよね。

仕方がないので抱き着くのはしぶしぶ諦めるとして、距離を取られた分、彼女にゆっくりと歩み寄って見上げてみました。

亡霊《ファントーモ》も危険がなければそのくらいは許してくれるようで、じっと見降ろしてきます。

「あの、助けてもらった、んですよね。よくは覚えていないんですけれど」

「…………まあ、そうなるかな」

なぜだか目をそらされながらそんなふうに言われました。

どうやったのかはわかりませんけれど、熊木菟《ウルソストリゴ》を倒したのも彼女でしょうし、致命傷を負っていた私をきれいさっぱり治してくれたのも、きっと彼女なのでしょう。

私はどうしてなのかとたずねました。

亡霊《ファントーモ》は少し考えるように小首をかしげて、それからまたゆっくりと小首を戻して、たずね返しました。

「どうしてって？」

「あなたにとって私は、森の中でたまたま出会った見ず知らずの旅人です。それなのに、どうして熊木菟《ウルソストリゴ》のような危険な魔獣に立ち向かったり、きっと貴重な霊薬などで癒してくれたのですか？」

亡霊《ファントーモ》はまた困ったようにしばらく小首をかしげながら考えて、それから答える代わりに、私に問いかけました。

「じゃあ君は？」

「え？」

「どうして私を助けてくれたの？」

私と同じ問いかけを、亡霊《ファントーモ》は繰り返しました。

「危ない、って。君は私を押しのけて助けてくれた。そうしなければ、避けられたんじゃないの」

それは、そうかもしれませんでした。

私一人なら、熊木菟《ウルソストリゴ》の初撃は避けられたことでしょう。その後の立ち回り次第ですけれど、逃げ切ることも、できなくはなかったとは思います。

でもあの時は咄嗟のことですし、結局、私が何もしなくても、きっと亡霊《ファントーモ》は平気だったことでしょう。さっきの調子で熊木菟《ウルソストリゴ》の攻撃なんてひょいひょいとかわしてしまったことでしょう。

そのように言うと、彼女は静かに首を振りました。

「私にとっては確かに大した相手じゃなかった。でも君にとってはそうじゃあなかった。君こそ、見ず知らずの私のために、それもずっと後を付け回す怪しい相手のために、命を懸けた。しようとしたことは同じかもしれないけど、かけた労力《リソース》は段違いだ」

どうして、と静かに見下ろす亡霊《ファントーモ》に、私は改めて考えました。

考えましたけれど、うまく言葉にまとまりませんでした。本当にあの時は、体が勝手に動いたとしか言えないのです。

咄嗟。

そう、本当に咄嗟のことでした。

体が勝手に動いたのだと、そうとしか言えません。

私がもう少し弁がたつのでしたらきっとうまく説明できたのでしょうけれど、しかし私にはつっかえつっかえ拙《つたな》い言葉を編む他ありませんでした。

「ええと、なんていうか、嫌だったんです」

「嫌？」

「あなたがあんなに身軽だとは知らなかったですし、それに、知っていたとしても、きっと同じことをしたと思います。あなたはどう思っていたかわかりませんけれど、私は、あなたのこと、少しの間だけですけれど、旅の仲間だと思っていました」

「旅の、仲間？　私が？　君の？」

亡霊《ファントーモ》はきょとんとしたように目をしばたたかせて、私を見下ろしました。

なんだか思いもかけないことを言われたというような、あどけなささえ感じさせる素直な驚きの表情に、私はなんだか少し恥ずかしくなりました。

そうです。私は勝手ながらあなたとの旅を楽しんでいたのです。

「ええ、ええ、そうです。最初は妙な影がずっとついてくるものですから、なんだか不気味だなあ、不思議だなあって思ってました。でも、私も寂しかったですし、一緒にいてくれるんだって思ったら、少し心強くなって、亡霊《ファントーモ》でもいいから、このまま一緒に来てくれないかなって、そう思い始めてて」

それで、それで、と。気持ちに追い付かない言葉を手元でぐしゃぐしゃまとめて、私は何とか続けていきます。

「それで、嫌だったんです。熊木菟《ウルソストリゴ》が腕を振りかぶって、何か来るなってわかりました。それで、もし亡霊《ファントーモ》が怪我したら嫌だなって、そう思ったら、体が勝手に動いてたんです。理由なんかわからないですけど、でも、とにかく嫌だったんです。だから」

だ、か、ら、だからです、と理由も根拠もなく言い切れば、亡霊《ファントーモ》は少しの間、顔をしかめて、それからゆっくりとため息を吐きました。

「君が馬鹿なのはわかった」

「ひどい!?」

「私が君を助けたのは、庇われておきながら何も返さないのでは筋が通らないから。君がこのまま死んでしまっては森を出る道がわからないから。君がいると食べられるものがわかるから。勝手がわからない状態で水先案内人がいるのは助かるから」

私と違って、亡霊《ファントーモ》は淡々と端的に理由を指折り数えて、それから極めて不本意そうにため息を吐いて、頭巾を被り直しました。

「それからふざけるなって思ったからさ」

「え？」

「嫌だっていうのに理由なんかいらないんだろう？」

最後にそのように付け足して、亡霊《ファントーモ》は頭巾の下に顔を隠してしまいました。

私は彼女のことをまだ全然知らないままでしたけれど、それでもこの瞬間、わかることがありました。それは彼女が存外に含羞《がんしゅう》の人で、自分の発言にはにかんでいるということでした。

このわかりにくい仕草になんとも言えない愛らしさを感じていると、亡霊《ファントーモ》は私を追い立てるようにして言いました。

「ほら、早く進め。森を出る前に日が暮れてしまう」

そうでした。私が気絶していた間も、時は進んでいるのです。

私は慌てて荷物をしっかり背負い直して歩き始めました。

しかし、足取りはどうにも重いものです。

疲れは不思議とありません。

痛みもまったくありません。

けれど、そうだ、もう森を出てしまうのかと思うと、進むのが途端に億劫《おっくう》になってくるのでした。

あれだけ苦労して、くたびれて、旅の辛さを全部一時《いっとき》に味わったような大変な旅路でしたけれど、いまや私は彼女との出会いというそれだけで全部上書きされてしまったように、私はこの森でのすべてが輝かしく素晴らしいものに思えていました。

だからこそ、森を出たくない、もう少しこのままで、なんて思ってしまいました。

それというのも、亡霊《ファントーモ》が森を出ることを目的としていることがわかったからでした。わかってしまったからでした。

いままでも漠然と森を出るまでの付き合いだとは思っていました。しかしそれが確定してしまうと、私ははっきり決まってしまったお別れの時が無性に嫌になったのでした。

もとより情に厚いことを長所でも短所でもあるとして言われてきた私です。その悪いところがはっきりと出てきて、ぐずぐずと足をとどめるのです。

亡霊《ファントーモ》はなんとも思わないのでしょうか。

そりゃあまあ、旅の連れなんて私の方で勝手に思っていることです。

でも一緒に旅をして、一緒のご飯を食べて、私は気を失っていたとはいえ一緒の危険を潜り抜けたのです。もう少し何か思うところはないのでしょうか。おつきの女中を撒いてきた私が言うとほんとあれなんですけれど。

そのような気持ちですねたように振り向くと、亡霊《ファントーモ》はがりがりと乱雑に頭をかいて、それから私に合わせるように少し身をかがめて、言いました。

「私はね。人間が嫌いなんだ」

お前が嫌いだと言われたような気持ちで、私は胸が痛むのを感じました。

「人間が嫌いで、人間と話すのも嫌いで、人間とかかわるのが嫌いで、嫌いで、大嫌いで、大大嫌いで、大大大嫌いだ」

さくりさくりと、言葉の刃が私の胸をうがちます。

「神が悪意と汚物をこねくり回して途中で飽きたのでそこらへんに放り出したら勝手に生まれてきた生き物みたいなのが人間だ」

感情のこもらない、冷めた声でした。

「自分と違うやつが許せなくて、自分と同じ立場にいるやつが許せなくて、自分よりいい思いをしてるやつが許せなくて、自分よりかわいそうな顔をしてるやつが許せなくて」

それは乾ききった怨嗟《えんさ》でした。

「自分を排他するやつが許せなくて、自分を同類扱いするやつが許せなくて、自分をうらやみ妬むやつが許せなくて、自分をかわいそうだと扱うやつが許せなくて」

もはや血の通わない、文言だけが消えることもなく残り続ける呪いの傷跡。

「誰かを傷つけることとは何とも思わないのに、自分が傷つくことには我慢ならない。自分の醜さに気づきもしないまま、他人を嘲り卑しめることを無自覚で続けている。過ちを認めず、怠惰を改めず、いつも自分を卑下しながら、他人はそれ以下だと下を求め続ける」

諦めが。

深い諦念が、そこにはありました。

願っても叶わず、祈っても届かず、努力は報われない。

世界への諦めが、そこには横たわっていました。

「だから、私は自分自身も嫌いだ。嫌いで嫌いでたまらない。自分が人間であることを思い出させるからなおさら人間が嫌いでたまらない」

俯きそうになる私の頭に、でも、とその声は不思議と柔らかく降ってきました。

「人間が紡ぐ物語が、時にひどく美しいことも知っている。悍ましいばかりの悲劇の中に、それでもなお輝くものがあることを、残念なことに私は知ってしまっている」

叶わずとも願うことをやめられず。

届かずとも祈ることをやめられず。

報われずとも努力することをやめられず。

諦めたとうそぶきながら、その目は未練がましく求め続けているのでした。

希望を。そのひかりを。

「だから――」

ひどく不本意そうにため息を吐いて、それから彼女の手がそっと私の頭に載せられました。

「君がそうであるならば、君がそうであるうちは、君の寂しさを埋めてやるのも、やぶさかではない」

不意打ち、でした。

きっと彼女にそんなつもりなどなかったのでしょう。

けれど。

それでも。

だけれども。

呆れたように困ったように、諭すように宥《なだ》めるように、そっと柔らかく降ってきたその微笑みは、私の胸を確かに射貫いたのでした。

「きっと！　きっとそうします！　そうなります！」

現金な反応ではありましたけれど、しかし確かに私はやる気を取り戻し、そしてじゃあさっさと進めと蹴り飛ばされたのでした。
このようにして、亡霊と白百合の旅は確かにここに始まったのでした。

用語解説

・雲雀《アラウド》（alaŭdo）
ヒバリ。スズメ目スズメ科ヒバリ属の鳥類。現地でもよく見られ、さえずりの見事さから愛玩目的で飼育する好事家もいる。畑の害虫を食べる益鳥だが、増えすぎると喧しいとしてしばしば農家のおやつになる。焼くと美味しい。

・小夜鳴鳥《ノクタカーント》（Nokta kanto）
サヨナキドリ。名前は夜の歌の意で、夜に美しくさえずることから名づけられた。プラチナの羽毛とルビーの目、ダイヤモンドの爪をもち、黄金の巻き鍵が背に刺さって回っている。夜更かしをする子どもは舌を引き抜かれ、夜陰に乗じて悪さをする大人は心臓を引き抜かれ、ゼンマイの材料にされるという。討伐例は二、三件あるだけ。人族には食べられない。

・霊薬
癒しの魔法を込めた薬品や、特殊な素材・製法で精錬された回復薬の類の総称。高価。

書籍版特典ショートストーリー

IZUMI
いずみノベルズ

白百合と旅立ちの夜

「よいてこしょっと」

掛け声をひとつ無意識に吐き出してしまって、私は慌てて口を押えました。

しかし、静かな寝息は変わらないままで、ほっと安堵のため息が漏れ出ます。

「静かに、静かに……って思ってると、かえって独り言が出ちゃいますね」

夜も更《ふ》けてまいりました。

月は穏やかに青白い光を投げかけ、夜気は心地よい涼しさをともなって部屋を満たしていました。

いましがた宿の寝台に横たわらせた女中の姿を見下ろして、その寝息が静かなこと、その寝顔が穏やかなことに私は胸をなでおろします。

私のお付きの女中は、いまは深い夢の中でゆっくりと休んでいることでしょう。

ここまではうまくいきました。

なんとか、と頭につけなければいけませんけれど。

「計画的犯行、とはいっても思い付きの計画に、場当たりの対応ですので、うまくいって本当によかったですね。まったく怖いものです……自分の才能が」

犯罪の才能なんてあっても仕方ないんですけれど。

まあ犯罪なんて言うとちょっと語弊《ごへい》がありますね。

「ただちょっと眠り薬を盛って縛り上げただけですし……」

寝台の上で、幾重《いくえ》にも縄をかけられ眠りこける女中。まあ、犯罪的な絵面《えづら》ではあります。

速度重視で、お仕着せの給仕服のまま縛り上げたのでちょっと寝苦しそうですけれど、まあ縛り上げた時点で寝苦しさに関してはもう仕方ないものとして諦めるほかありません。私も緊縛玄人ではありませんからね。緊縛玄人とは??

まあ緊縛素人の私としては、人体の効率のよい的確な縛り方とかわかりませんでしたので、縄をこう、手首と、足首に巻きつけて、それぞれ固結びするくらいしかできなかったんですよね。

フムン。

寝苦しいかなと思って、手首は後ろに回さず、体の前で縛ったんですけれど、よく考えてみたらこれって手を普通に使えるってことですよね。足首の縄を普通にほどけそうです。でもいまさらほどいて後ろ手に直してっていうのも手間ですね。がっちり結んじゃったのでほどくの大変ですし。

「指……そう、指が使えなければいいわけですよ」

じゃあ、折りますか…………いやいやいや。

「いけませんね。夜更《よふ》かしのせいか思考が単純なほうに逃げようとしています」

真夜中、ですからね。早寝早起きの旅を続けていましたから、眠気が。

眠気に負けて楽で単純な破壊的手段で済ませようというのは蛮族《ばんぞく》すぎます。第一、それじゃあさすがに起きてしまうでしょうからね。

私はなんかなかったっけと荷物をあさって、革袋を見つけました。

ちょっと考えて、こぶしを握らせた上から革袋をかぶせて、上から細紐で縛り上げます。これで指を広げることができなくなる、はずです。

「……私なら普通に引きちぎれそうなので不安ですけれど」

まあ、私は恩恵が強い方ですから、私を基準に考えてしまうといまある道具では難しくなってしまいますね。

私を拘束しようとした場合、何が必要でしょうか。鎖とかでしょうか。さすがに鉄は曲げるのに時間がかかりますからね。どちらかというとものというより、やはり技術でしょうか。緊縛技術。なんかこう……いい感じに関節とかの自由を奪う感じのやつ……。

「関節…………外してもおかしくはないんですよねえ」

普通は、人間はそう気軽に関節を外せるものではありません。人間以外でもそうですけれど。関節というものはそもそも自然に外れるようにはできていないのです。

でも脱臼《だっきゅう》というのがありますから、物理的には外れるものなのです。

拘束が外せないとなったら、脱臼してでも抜け出てくるかもしれないなあ……と思わせる程度には、私の女中はとっても健気でとっても執念深くとっても肉体の扱いに長《た》けているのでした。

大丈夫かなこれという目で眺めていたら、ううんとうなって寝返りを一つ打つものですから、私は心臓が口から飛び出さないように押さえつけなければいけないほど驚くのでした。

「……大丈夫ですよね……これ小匙一杯で象とか眠らせる薬らしいんですけれど」

なにが怖いといって、そんな薬をしれっとお茶に混ぜて飲ませた自分も怖いですけれど、そんな眠り薬を普通に持参してて、何かあったときのためにって説明もしてくれたこの女中なんですけれど。

しかも耳かき一杯で効かなかったので結局小匙一杯くらい盛る羽目になりましたし。象と同じ薬物耐性とは……？

「なんかちょっと怖くなってきましたね……もうちょっと縛っておくべき……？」

いやまあ、完全に抜け出せないようにする必要はないんですよ。

私が逃げてから十分離れるまでの時間が稼げればいいのです。その後は、普通に自由になってもらって全然かまわないのです。というか、そうなってもらわないと、困ります。死んじゃいますからね。

いやまあ、宿の人が見つけて助けてくれるとは思いますすけれど。

そう。私は逃げ出す算段を整えていたのでした。

なにからと言って、誰からと言って、忠実にして頼れる我が女中から。

「本当にごめんなさい。あなたが悪いわけではないんです」

なにが悪いかと言えば、やはり私なのでしょう。

これは私のわがままで、私の身勝手で、私の都合でしかないのです。

幼いころから振り回して、散々苦労させて、そして成人しても振り払って飛び出そうとするなんて、本当に子どもじみた衝動だと思います。

でも。

でもですね。

でもじゃないって言われそうですけれど。

「さすがにちょっと……過保護というか……」

私は成人を迎え、諸国漫遊の儀に出ました。

見聞を広め、交流を深め、未知に挑み、そして無事に帰ってくる。

そういう、貴族の家ならばどこでも……内地ではやや廃《すた》れ気味とは聞きますすけれど……まあやっている成人としての通過儀礼です。

内地なら馬車数台に従者に護衛にといろいろ増えていくものだそうですけれど、私の故郷である辺境ではいまも個人の成長と実力の証明として、せいぜい従者がひとり、ふたり。

私の場合も、私と、おつきの女中の二人きりの旅。

それはまあ、心配しても仕方ないですし、いろいろ尽くしてくれるのは嬉しく思います。

でもだからって、上げ膳下げ膳では成長もなにもあったものではありません。

それは、まあ、ご飯の支度《したく》してもらったり、髪を結ってもらったり、宿の手配もしてもらったり、路銀の管理をすっかり任せてしまったり、そういう、私自身の甘えももちろんあります。

これは私自身が直していかなければならないことですし、反省です。

これが仕事だから、仕事を取らないで、これが生甲斐、忠誠心があふれてるだけ、なんて言われると強く言えなかった私が本当に悪いんです。

……いえ、なんか騙されてません？　なんかほだされてしまいましたけれど。

ま、まあいいです。

そういう、私自身が強く言わなければならないことというのは、私自身の反省としまして。

たとえば、そう…………なんか咄嗟《とっさ》にいいたとえが出てきませんね。

えーっと…………あ、野盗とかですよ。

大きな街道は巡回の騎士もいたり、比較的治安はいい、といえばいいんですけれど、それでもやっぱり野盗は出てくるものなんですね。

農地が腐れ落ちてにっちもさっちもいかなくなった村人崩れですとか、なんか問題起こして住み処を追われた無頼のものですとか、騎士崩れですとか、面倒な手合いなんかだと領地間のいざこざとして正体を隠して通商妨害として野盗のまねごとしてるのとかもないではないとか。

そういう手合いはいつの世も湧いてくるもので、冒険譚なんかにもよく出てくるものなのです。

私も実家でたまにそういう野盗退治についていったりもしたのですけれど、後ろで見ているだけなのと実際に相手をするのは別のはなし。

不謹慎ではありますけれど、こう、冒険譚のかけらのようなものを感じて少しワクワクしていたんですよ。

いたんですけれどね……。

ちょっと思い返してみますとね。

「へっへっへっ、待ちなお嬢ちゃんたち」

「ここを通りたけりゃあ通行料を払ってもらおうか」

「あっ、野盗！　野盗ですよ！　いやあ、本当にこういう台詞吐くんですねえ」

「ああ？　なんだてめえ舐めてやがんのか？」

「いえいえ、実家の方の賊はたいてい、出合い頭に猿叫《えんきょう》とともに斬りかかってくるので、ちゃんと先に用件を言ってくださるなんて、ご丁寧にありがとうございます」

「お嬢ちゃんの実家、治安って言葉ないのか？」

「聞いたことはあります！」

「そっかあ……元気でいいね……」

おっといけません。

あのときは初の文明的な野盗に盛り上がってちょっと長話をしてしまったのでした。

もうちょっと先の方ですね。

えーっと。

「死体ってかさばりますね。においますし。やっぱり埋めていきません？」

いきすぎました。

これは退治した後に野盗退治の報告がてら次の宿場まで死体を引きずっていった時のやつですね。

衛生的にも治安的にも死体をそのままにもできませんし、野盗が一組減ったことを伝えれば地元の方が安心しますからね。あと報奨金も期待できます。

ただまあ、けっこうかさばって大変なので面倒くさくなってきて、最低限往来の問題にならないように埋めていきませんかって話してた時のやつ。

もうちょっと戻りますね。

「ああっ！　野盗さんが死んでしまいました！　私の出番！」

あ、ちょっと戻りすぎ……いえまあ、いいでしょう。このあたりで。

お話も済んで、改めて野盗さんが前口上からはじめようとしたら、おつきの女中の手斧がすこーんと野盗さんA《アー》の頭に直撃。

私が衝撃を受け、野盗さんたちもぎょっとしてひるんだところに、野盗さんB《ボー》の頭と野盗さんC《ツォー》の心臓にそれぞれ鉈と短刀がねじこまれていたのでした。

それはあまりにも鮮やかなおつきの女中の奇襲でした。すでに野盗と対峙しているのになお奇襲が決まるくらいの容赦のない隙の突き方です。

おかげで私は活躍の場を失い、そのうえなぜか野盗相手にいちいち問答してたらきりがないし危ないとお叱りを受けてしまいました。まあ、それはそうなんですけれど。

武器をもって金品を脅し取ろうとする者がいれば、帝国法でも、各領の領法でも、基本的に重罪犯として扱われます。飢饉で仕方なくとか領主があんまりひどいとか同情できる事情の方もいるはいるんですけれど、それはそれとして他人を襲うのは普通に罪なので裁かれます。

領主や騎士など、また村民裁判とかが直接裁きを行うときは、情状酌量《じょうじょうしゃくりょう》とかしてあげるときもあるんですけれど、現行犯の場合は襲われた側が返り討ちにして殺してしまっても問題ありません。

これは法で認められている自己防衛権の一つのかたちでもあります。

まあ、話してわかるなら野盗なんてやってないというのはそれはそうというお話ですよね。

もうちょっとこう、躊躇《ちゅうちょ》とかあるならばともかく、手慣れてましたしね。お話の余地もなさそうでしたし、さっさと片付けるのが上策なわけです。

生かして捕えても、懸賞金の額がちょっと変わる程度で、生きてるからには水も食事も必要だしいつ牙をむくかわからないしなので、余裕があるわけでもない二人旅で考えるべきことでもありません。

せっかくの初野盗なのに、という気持ちはありますけれど、まあそんな油断しきった傲慢な態度は叱られても仕方ありません。

そこは私もちゃんと反省しています。

でもだからって主人の活躍をまるっと奪ってしまうのはどうかと思いませんか？

出遅れたのは確かに私の判断の遅さゆえですけれど。

しかもこの一度だけではないのです。

その後も何度か遭遇した野盗ですとか、また野獣ですとか、危険に遭遇しそうになるとまずさくっとおつきの女中が片付けてしまうのです。

私だってちゃんと気づいているんですよ？

腰の剣をすらっと引き抜いたのだって一度や二度ではありません。

でも私は剣士なので、剣の間合いに入らないとどうしようもないんですよ。

すらっと引き抜いたのはいいものの、そのころには女中の投げ斧ですとか投げ短刀ですとか、飛び道具がすこーんと敵手の急所を射抜いているわけです。

そうですね。前衛が守って後衛が遠距離から仕留めるというのは、まあ理にかなっているかもしれません。でもその理に私の活躍は含まれていないのです。

振り向くと、ネズミを捕ってきた猫みたいなどや顔でムフーと満足げにしている女中の姿。

いいえ、まあ、彼女は彼女の仕事をしているだけなのです。私にそれを責めることなどできません。

でも、こう、手心と言いますか……もうちょっとこう、私に見せ場をですね。

などという不満が顔に出てしまったのでしょう。すねたような言動をしてしまったのでしょう。

優秀な女中は、優秀な仕事を見せてくれました。

野盗の手足をこう、えいえいっと投げ短刀でさくさく射抜いてしまいまして。

倒れ伏した野盗を指して、さあどうぞと、そういうのです。

「そうじゃないんですよねえ……」

頭狙えばそれで終わる仕事のところを、適度に弱らせてお出ししてくるのは本当に見事なお仕事なんですけれど、別に私は無抵抗の首を落としたいわけではないと言いますか。

そもそも首を落としたいわけではないと言いますか。

冒険と言いますか。

浪漫《ろうまん》と言いますか。

そういうのがあるんじゃなかろうかとね、私は思うんですよ。

というのを切々と伝えたらですね、一応こう、戦いらしいことはさせてもらえるようになったんですよ。切った張ったをさせてもらえるようになったわけです。

一対一の時だけ。

わがままだとはわかってるんですよ。

安全なのが一番だというのはわかってるんです。

でもこう、野盗が数人がかりで脅してきて、ひとり残して脳天に投げもの食らって倒れて、残ったひとりとさあ尋常に勝負、というのは、なんというか、あまりにもこう……。

これはもう、勝負の一番おいしいところだけ切り抜いたというか、脂身だけ切り取りすぎて逆にしんどいやつといいますか。なんぼなんでもそりゃねえべやといいますか。

お互いの妥協が最悪の部分で釣り合ってしまった感じですよね。

しかもこの一点で妥協してしまったせいで、女中の他のお仕事に口を出しづらくなってしまったのがつらいところです。

あれですよ。

私も甘えてしまっていただけに強く言えない部分です。

ご飯の支度してもらったり、髪を結ってもらったり、宿の手配もしてもらったり、路銀の管理をすっかり任せてしまったり、そういうやつです。

これが仕事だから、仕事を取らないで、これが生甲斐、忠誠心があふれてるだけ、って言い張られてしまったやつです。

別に殺しが趣味とか戦いこそ我が生甲斐とか言う危ない人ではないので、野盗とか野獣となにがなんでも戦いたいわけじゃないんですよ。

なのでそっちはまあ、安全第一かな、と仕方ない気持ちはあるんですよ。

でも、野鳥を捕まえようとしたら捕獲品がこちらですとばかりにさらっと捕まえてこられて、じゃあさばいていきましょうかって羽でもむしろうとすれば完成品がこちらですと言わんばかりの料理が仕上がっているわけです。大変おいしゅうございました。くっ。

野営の準備も万事その感じです。

薪拾いも、山菜摘みも、天幕張りも、火熾しも、調理も、道具の手入れも、全部もっていかれるわけです。

私だって、一度もやったことがないずぶの素人というわけではないんです。

むしろ実家の森では、そのくらいのことは大人にまじってやっていたものです。そのことは向こうもわかっているはずなのです。

しかし、人生に一度の成人の儀。それもはじめての国外への旅ですから、どうにもこう、張り切ってしまっているのか、私の身の回りをきれいに片づけてしまうわけです。

おかげで私には仕事らしい仕事もなく、毎日をただきれいな景色に感動して、髪も服もきれいに整えてもらって、三食おいしいものを堪能して、はじめて触れる文化に心を震わせ、夜も心安らかに眠って、朝は心地よくすっきりと目を覚まして活力に満ちた一日を始める羽目になってしまったのです。

これで文句を言うのは本当にわがままだと重々承知なんですけれど。

なーんーでーすーけーれーどー。

さすがにこう……………ダメに、なります。

完全に、ダメ人間にされてしまいます。

確かに内地の貴族令嬢とかなら、こういう感じだと思うんですよ。上げ膳下げ膳してもらって、旅のいいところだけを見せてもらって、安全に予定通り巡って、無事に帰っていくっていう。

内地の貴族の仕事は人を使うことで、自分が手足を使う必要がないことは誇りこそすれ不満に思うようなことではないのだろうとは思うんですよ。

でも辺境のはそういうのじゃないわけじゃないですか。

武者修業とは言わないまでも、自主自立を成し遂げられてようやく一人前と言いますか。誰かに頼ることは悪いことではありませんけれど、まず自分でできることはしっかりとできないといけないといいますか。

そういう成長が、疎外されているように思うんですよ。

「まあ……たぶんお父様のせいでしょうねえ……」

過保護な女中の裏には、過保護な父の差し金があるのでしょう。

彼女は私専属のおつきの女中。侍女と言ってもいいでしょう。

しかし、私についてはいても、私の部下というわけではありません。

彼女のお賃金は父から支払われていますし、命令系統も必然的に父の直属なわけです。

私のものなのに私の言うことを聞く必要がないわけですよ。まあ、私も何でもかんでもいうことを聞くだけの子はかえってこまってしまいますから、お目付け役という意味ではちょうどいいんですけれど。

「いえ、お目付け役としてはちゃんとしてないのでは……？」

叱ってくれたり、あれこれ教えてくれたり、私のやることを監督して補佐してくれる感じのやつだと思うんですよ。お目付け役。

私いま、そのお目付け役に毎日おいしいご飯たくさん食べさせてもらって、宿の手配してもらって、髪梳いて結ってもらって服も装備もお手入れしてもらって、進む先の露を全滅する勢いで払ってもらってと、まあ散々甘やかされているんですけれど。

お目付け役とは…………？

ちょっと哲学的な思考にふけってしまいましたけれど、要はそういうことなのです。

彼女のおかげでとても助かっていますし、幼いころからの付き合いである彼女との旅は楽しいものではあるのです。しかしそれが私自身の成長を阻害《そがい》してしまうのでは、よくありません。私が成長できないだけでなく、彼女にも悪い影響が出てしまうことでしょう。

だから、これは仕方のないことだったのです。

私を信頼しきっているところに眠り薬を盛って、ぐっすり寝入っているところを拘束して、その隙に逃げ出すというのは、仕方のないことだったのです。

「………………まあ、自分で言っていて、仕方なくはないでしょうという気持ちですけれど」

話せばわかる、とは思います。

野盗とは違い、言葉を交わし、こころを通じ合わせることは、きっとできなくはないことなのだと思います。

語り合い、拒み合い、妥協しあって、互いがどうにか納得できる落としどころを見つけ出すことは、きっとできなくはないことなのだと思います。

でも。

でもきっと。

本当の気持ちを見つめ直して、本当はどうしたいのかを見つけるには、私たちは幼すぎるのだと思います。

私たちはお互いのことを思っていて、お互いの成長をのぞんでいて、互いに互いをよく知り合った幼馴染でもあるのです。

それでも、自分の思う最善と、相手の望む最善とが、噛み合っていない。

相手のことよりも、相手を思う自分のことを上に持ってきてしまう。

それは彼女だけじゃなくて、きっと私も同じなのです。

私が成長したいと思うように、彼女にもまた、もう一つ成長してほしい。

そんな身勝手な思いがあるのです。互いが互いに、きっとそんな思いを抱いているのです。

話をして、話し尽くして、腰を据えて、きっと、そんなふうな解決もあるのだとは思います。

きっとそんなふうな解決の方が正しいのだと思います。

けれど。

それでも。

だけれども。

私は彼女から逃げ出す道を選びました。

彼女と離れ、距離を置き、お互いを見つめ直す時間を求めました。

ああ。いいえ。

そんなきれいな言葉ではありません。

私はただ、耐えられなかったのです。

これ以上「待て」なんてできなかったのです。

冒険が。

果てしのない空と大地の向こうまで続く冒険への道が、私を待っているのです。

まだるっこしいあれこれをすっ飛ばして、私は走り出したくてうずうずしていたのです。

きっとこれは、叱られてしかるべきことなのだと思います。

きっとこれは、呆れられてしかるべきことなのだと思います。

勝手で、身勝手で、自分勝手なわがままなのだと思います。

でもそれは、すべては、あなたが追い付いてからのこと。
明日か、明後日か、それともずっと先か。
見つけたらきっと、思いっきり私を叱ってください。思いっきり私に呆れてください。
それで、思いっきり抱きしめあったら、もう一度私たちの旅を始めましょう。
という感じにきれいにまとめたところで、私は忍び足で宿を飛び出したのでした。

用語解説

・小匙一杯で象とか眠らせる薬

帝国法ではまだ定義されていないタイプの薬物。辺境では主に大型の獣などに対して吹き矢や鏃《やじり》に塗布する形で撃ち込まれる。呪術的薬物であり、化学的毒性は低く、過剰摂取しても過眠気味になるだけで済むケースが多い。

・野盗

畑で採れるとは言わないまでも、毎日どこかで被害報告がある程度には出没する。

飢饉や重税、疫病の流行、領地間の小競り合いの偽装、悪徳商人の兼業、騎士崩れなどさまざまな要因があるが、なぜか実際の出没数は原因から考えられるより数割多く、どこからわいたかわからない出自不明の野盗が一定数存在する。

これらの野盗に対する尋問は不明の理由で成功していない。

あとがき

百合三角形異世界食道楽&温泉ツアー時々冒険譚はっじまっるよー！

まあまだ三角形ではないんですけれど。はい。

おはようございます。会えなかった時のために、こんにちはとこんばんは、おやすみなさいも。

はじめましての方ははじめまして。お馴染みの方はいつもありがとうございます。

長串 望と申します。インターネット上にだけ存在する人畜無害な熊さんです。がうがう。

今日は名前だけでも覚えていっていただければ幸いです。

さて、いざあとがきを書こうとしているいま、あとがきって何を書けばいいんだろうと思い悩んだりしておりますがみなさまいかがお過ごしでしょうか。どんな気持ちであとがきをお読みになっておられるのでしょうか。

自分の経験というものを思い返してみても、果たしてどんな気持ちで、どんなつもりであとがきを読んでいたものかどうにも思い出せません。

というのも、あとがきと一言に言ってもその内容は一つの型に納まるものではなく、それぞれのやり方で書いていらっしゃるようなので、読むたびに、へえ、こんなあとがきもあるんだなと思わされてきたものですから。

例えばそもそもあとがきは書かないというパターン。

例えば本の内容に触れてちょっとした解説を挟むもの。

例えば本を書き上げたことそのものに対する作者の感想や体験談。

例えば中身と全く関係のない著者の近況報告。

作中キャラクターと作者の対談みたいなのは最近はあまり見かけませんね。

あとは、あとがきで急にショートストーリーが始まったこともありましたか。

個人的に好きなあとがきというか構成は、「〈作者まえがき〉へのまえがき」だとか「作者まえがき」だとか、「翻訳者あとがきにして〈作曲者まえがき〉へのまえがき」、「作曲者まえがき」、「〈翻訳者あとがき〉と〈作曲者まえがき〉へのあとがき」などが並ぶ、「スナーク狩り」です。

これはイギリス人のルイス・キャロルが書いたものを、ミヒャエル・エンデがドイツ語に訳したものですね。

作者に当たるのがキャロル。翻訳者にあたるのがエンデ。

さらにエンデがこれをもとにオペラを書いて、ヴィルフリート・ヒラーが作曲したので「作曲者まえがき」も。

そしてローゼンドルファー氏が本編と全く関係のない内容を「〈作者まえがき〉へのまえがき」で語りまくり、ここにはキャロルにもエンデにも全く触れていない潔さ。しかして「〈翻訳者あとがき〉と〈作曲者まえがき〉へのあとがき」。

詳しくは実際に読んでいただくことといたしまして。

はて。

何の話でしたっけ。

そうそう、あとがきに何を書いたもんだべかというお話ですね。

私の知り合いにはあとがきを全く読まないという人もいますし、本を開いてまずあとがきを読むという変わり者もいます。

私個人としても「まえがき全集」とか「あとがき全集」みたいな、まえがきだけ、あとがきだけをまとめた全集とか欲しいなと思ってしまう、みたいなボケをかまそうとしたら普通に自作のあとがき全集を出版されている例がありまして、いやはや人間が思いつくことというのはすでに誰かがやっているものか、思いとどまったものくらいということなのでしょうか。

だいたいの読者の皆様はすでにこのあたりで読む気が失せてきたか、すでに読んでおられないか、そもそも本編も読了していない方ということになるのではないかと思うのですけれど、私の方としましても読ませる気が失せてきたか、そもそも読ませる気がないか、本編の時点でその気配が見え隠れしているかと言うあたりですので、おあいこですね。

ひととおりふるいにかけさせていただいたところで、改めて「異界転生譚ゴースト・アンド・リリィ」の第十二回ネット小説大賞小説賞受賞および出版、誠にありがとう存じます。

そしてここまで応援していただいた皆様に、深い深い感謝を。

十年くらいやってる気分でいましたけれど、おおよそ七年間の連載をさせていただいております。書き溜めのあった当初はほぼ毎日更新。それ以降は年に一回か二回、章ごとに更新するというスローペースで、更新のたびにみなさんには「どんな話だっけ」と頭を悩ませてしまいご迷惑をおかけいたしました。

当初は「小説家になろう」にて投稿させていただき、「ハーメルン」「ノベルアップ+」「カクヨム」「アルファポリス」「ノベリズム」「マグネット・マクロリンク」「エブリスタ」「ラノベストリート」「ノベマ！」にも投稿させていただき、「Ｐｉｘｉｖ」では章ごとにまとめ版を投稿してまいりました（敬称略）。

抜けがありましたら申し訳ありません。なにしろとにかく目につかなければと手当たり次第に手を広げて、そしてご存じの通りあまり効果はありませんでしたので。

二〇二五年現在では「小説家になろう」「ハーメルン」「ノベルアップ＋」「カクヨム」「Ｐｉｘｉｖ」にて最新話まで投稿しております。

みなさんはどこでお読みになりましたか？

どこで拙作について知ったのかも気になるところですね。

書籍が初めてという方は、ＷＥＢ版も覗いて見ると結構雰囲気が違うかもしれません。わかりませんけど。雰囲気でものを言いました。

しかし七年。気づけば長くやってきました。

子供のころに漠然と小説家というものに憧れて、高校卒業までに何か書きあげなければやめようと思い立ち、二十歳までに何か書きあげなければやめようと思い、大学卒業までにどうにもならなかったら死のうかなと思い、仕事しながら書くのは難しいよなとか言い訳して、結局その後もやめることもなく死ぬこともなく、だらだらと生き続けて。

それでも、書いていくうちにそれなりにお声がけもいただいて、それなりに歩き始めました。

同人畑でもそもそと書いていた私を見出してくださってありがとうございます。

放っておいたらそのまま漂泊して漂白されていただろう私をつなぎとめてくださってありがとうございます。

悲しい別れ方となった人もいますけれど、それでも私を見限らないでいてくださったみなさん、ほんとうにありがとうございます。

生まれたての日本人ラッパーのようにありがとうが湧いてきます。そのあたりに置いておくのでご自由にお取りください。処分は自治体の分別法にのっとってお願い申し上げます。

まあ、そんな風に、みなさんの応援で生き延びて、感動的に出版にこぎつけて、これでまあ死んでもいいかなという満足感に浸っておりますけれど。

まあ世知辛い現実といたしましては、そんなゴスリリが受賞いたしましたのは、私が特段優れていたわけでも、認知度を得ていたわけでも、何かコネがあったわけでもなく。なく。なく。

ひとえに、運がよかったのだと思います。

そもそもの話としまして、どれだけ面白くても、どれだけ長いことやってても、どれだけ心血注いでいても、目に留まらなければ、なんにもなりません。

ネットの海は広大で、軽重大小問わずに言えば創作者というのは無数にいます。その創作物も無数にあります。「ゴスリリ」とて似通ったものを探せばあまたに見つかることでしょうし、評価軸によってはもっと素晴らしいといわれる作品もあることでしょう。

けれど、それが然るべきタイミングで、然るべき人物に、然るべき角度で刺さらなければ、それはこの世に存在しないことといっしょなのです。

受賞以前からゴスリリを読んでくださった方も、書籍を手に取ってくださった方も、何か読もうという気があるときに、少しでも興味があるなと思える要素を見出して、たまたまお読みになったのだと思います。

今回受賞したネット小説大賞も、初の応募ではありませんでした。

他の賞にも、応募してきました。

投稿サイト連携のものだけでなく、印刷した原稿で応募したこともあります。

一次選考に通過したこともありました。その次の年には名前が挙がることもないということも。

そしてそれは私だけではなく、同じような経験がある方々が無数にいて、それ以上の経験を経てきた方々が無数にいて、また経験などなく始めたばかりの方々も無数にいます。

その無数の創作者のなかでゴスリリが選ばれた理由を、私は知りません。わかりません。理解しません。

しいて言うならば、それはたまたまなのです。

たまたま、ゴスリリが刺さる人が、選定を行う立場にいた。

そのたまたまを引き当てるのに、七年かかりました。七年しかかかっていないのかも。

偶然が全てなら頑張る意味なんて、と受け取った方もいらっしゃるかもしれませんけれど、そういう意味ではありません。

結果は偶然でも、その結果を引き当てるためには努力が必要です。

宝くじを買わないのに一億円当たったりはしません。

お馬さんの戦歴やその日の体調に詳しい方が勝率は上がります。

面白ければ当たるわけではないけれど、面白くなければそもそも土俵に上がれないのです。

長串さんの人が思う最高にバチクソ面白いファンタジー百合小説で七年かかったことを思えば、まず土俵に上がるのが難しく、誰かに刺さることはそれこそ宝くじです。

思えばゴスリリもとんとん拍子とはいきませんでした。

まず序章、皆さんにお読みいただいた一巻の内容、というか文章でかなりの方がお手上げになりました。こんなもん読んでられねえ。くどい。長ったるい。主人公がムリ。こいついらなくないか。などなど。

まったく、そういう言い返せないやつはどうかと思います。正論はやめていただきたいものですね。

章が進んでいく中でも、やはり肌に合わないという方は一定数いらっしゃるものでした。幸いにも民度が高く治安のよいコメント欄で、手酷い批評や批判を受けたことはありませんでしたけれど、それは同じくらいか、それ以上に、黙って離れていく人の数があったことを思わせます。

それでもついてきてくださった方がいて、気づかぬうちに沼に沈められた方がいて、アレだけはマジで許せないし受け入れられないけど描写がクソうまいのでおすすめでそれはそれとして俺はゴスリリを許さないしてくれる方がいて、積み重ねてきたものが、確かな力になっています。

なのでもしも小説を書く上でのコツがあるとすれば、それは忍耐力と現実から半分目をそらすことです。こんなんどう考えても無理やろ……という現実から半分目をそらし、自ら狂いつつ筆を執り続けることが大事ですね。正気にては大業ならずですね。

もしも自分は現実的に理性的に正気を保って小説を書いているしそれで出版もしましたよと言う方がいらっしゃいましたら、それができる人は正気ではないと恐れおののくほかにありません。

技術は知りません。

私が知りたいです。

多分読んでる創作者の方はみんな「私の方が知りたいんだけど!?」と思っているでしょうけれど、私もそのそれです。

創作者の多くはなんかこう雰囲気で書いているのです。

ちゃんと情報収集して技術を高めている人は多分、いかに人目に触れるか、いかに初手で読者の関心を引くか、いかにそれを出版関係者とつなげるかというメタ戦略を構築されてるんじゃなかろうかと思いますけれど、長串さんの人にはわかりません。

長串さんの人にわかるのは、ちゃんとした人は自分のこと長串さんの人とか言わないし、インターネット上にだけ存在する人畜無害な熊さんを自称しないことだけです。がうがう。

まあそんな感じで、長串さんの人にはろくな創作論とかは存在しませんので、自分だけの創作論をでっちあげろ‼と放り投げておくこととします。

さて、胡乱な話ばかりしていい加減怒られそうですけれど、あとがきは何ページでお願いしますとは明文化されてなかったように思いますので好き勝手やっていきましょう。長串さんの人は好き勝手胡乱な話してるときが一番筆が乗ります。作文とかもこの調子でした。怒らなかった先生は聖人では？

胡乱な創作論はここまでにいたしまして、おまけのついでのページ埋め程度に、作中世界についてちょっと触れていきたいと思います。

ファンタジー世界を描くにあたって、現地の言葉をどうするかは様々な手法があります。

ゴスリリでは、現地人であるリリオは基本的にカタカナ語を用いず、というよりは日本語に置き換えられる場合は日本語を用いることで雰囲気を古いファンタジー翻訳のように落ち着かせています。なっているといいなあ。

その一方で、固有名詞たとえば現地生物の名前などはお読みになった通り、和名にルビで現地名を併記する形で描写しています。

このルビ、フリガナの部分が現地語です。

ライトノベルで見かける横文字の名称は、英語やドイツ語がよく見かけられるかなという印象ですね。英語は馴染みがありわかりやすいですし、ドイツ語はなんとなく格好いいですね。他にも、モチーフとなった国がはっきりしていれば、その地方の言語を用いることもあるでしょう。

異界転生譚シリーズでは恐らくみなさんあまり見慣れない言語を用いています。

ラテン語っぽいかなと感じる方もいらっしゃるかもしれませんし、ズバリそのものを知っている方もいらっしゃるかもしれません。

現地語として採用されているのは、エスペラントと言います。言語であることを強調してエスペラント語とも言います。

これはユダヤ系ポーランド人のルドヴィコ・ザメンホフ氏らが一八八七年に発表した人工言語、つまり自然発生したのではなく人工的に整理され、造られた言語です。

エスペラントとはこの言葉で「希望する人」を意味します。

エスペラントを採用したのは、メタ的に言えば、私が宮沢賢治を好んでおり、賢治がしばしばエスペラントを作中で用いたり、なんなら自作をエスペラント翻訳していたりしたから。

作中世界的な都合のお話をすると、ネタバレになりますので控えますけれど、多分三巻か四巻かそのあたりで説明されることもあるかもしれません。そのあたりまで刊行されればの話ですけれど。

なにしろスローペースなお話ですから、お話が盛り上がってくる前に打ち切りになる可能性は十分にあることでしょう。

気になる方はWEB版をお読みになるか、書籍を買い支え、宣伝して布教してくださるととても助かります。

ではざっくりと、現地生物に使われているエスペラントの解説をば。

記念すべき一種目は角猪（コルナプロ）。これはひねりなく角（Korno）と猪（Apro）のカバン語です。

ああ、カバン語も説明が必要かもしれません。要は二つの意味が一つの言葉に詰め込まれた混成語ですね。まあ多くの場合は単に合成語かもしれませんけれど。

現地生物はたいていが二種の動物の特徴を持ち、カバン語または合成語の名前を持っています。これは私がＭＯＴＨＥＲ３のぶんちょうぼうとかが好きだからですね。まあ合成生物ではなく、そのニッチに適合した種というだけなんですけれどね。

ニッチと言えば鹿雉（ツェルボファザーノ）。鹿（Cervo）と雉（Fazano）。これは鹿のニッチに進出した……つまり自然界で鹿の役割をする枠に収まった鳥類ですね。

あとはざっくり。

狼蜥蜴（ルポラツェルト）。狼（Lupo）蜥蜴（Lacerto）。

大甲虫（グランダ・オニスコ）。大きな（Granda）ワラジムシ（Onisko）。WEB版から変名。

螻蛄猪（タルパプロ）。オケラ（Talpogrilo）猪（Apro）。

螺旋花（ヘリカフローロ）。螺旋の（Helika）花（Floro）。

玻璃蜆（ヴィトラ・コルビクロ）。ガラスの（Vitra）シジミ（Korbikulo）。WEB版から微修正。ルリシジミからの着想。

兎百舌（レポロラニオ）。野兎（Leporo）百舌鳥（Lanio）。

鼠鴨（アナスラート）。鴨、というよりアヒル（Anaso）ネズミ（rato）。WEB版から変名。

猿猫（シミオリンコ）。猿（Simio）山猫（Linko）。

川熊蟬（アルツェツィカード）。カワセミ（Alcedo）セミ（Cikado）。

鸚哥栗鼠（パパスチウロ）。インコ（papageto）リス（Sciuro）。

熊木菟（ウルソストリゴ）。熊（Urso）フクロウ（Strigo）。

小夜鳴鳥（ノクタカーント）。夜の（Nokta）歌（Kanto）。ナイティンガロでないのはあえて。

という感じでした。

序章登場の生き物の多くは、二次創作の同人作品に登場させたものが元になっていますね。いまでも入手は可能ですので気になる方はぜひ。

番外としましては、境界の神プルプラは「紫色の（Purpra）」という意味です。なぜなのかは、わかる方はわかるでしょうということで。

なお、エスペラント翻訳に当たっては、ＷＥＢ上で公開されている「日エス対照動植物名リスト」及び「実用エスペラント小辞典《第１・８版》」を主に活用させていただいております。ありがとうございます。

今回は遊び過ぎてあとがきとは思えない分量に膨れ上がってしまいましたし、特にあとがきらしいあとがきでもありませんでしたけれど、ここまでお読みになった根気のある皆様、お楽しみいただけたのであれば幸いです。

異界転生譚ゴースト・アンド・リリィは、ＷＥＢ版では二〇二五年現在で二十三章まで公開されております。この一巻では序章を加筆してお送りいたしました。百合三角形の三人目は次の巻で出せたらいいなあくらいのスローペースでございますけれど、真面目に売れ行き次第では打ち切り御免と相成りますので、皆様におかれましてはお友達ともお誘いあわせの上でお買い上げくださり、ＳＮＳとかでばんばん呟いてくださると助かります。

あと個人的にも感想等はかなり嬉しいですのでよしなにお願い申し上げます。

めちゃくちゃ人気が出たら異界転生譚シリーズの男子組こと異界転生譚シールド・アンド・マジックもワンチャンあるんじゃないかと思っておりますが、現状は夢のまた夢でございますので、その分も皆さんには応援して支えていただければやったぜグッと思います。

それでは、長々とお読みいただきましたが、これにて第一巻を締めさせていただきたいと思います。

ほんとうに、ほんとうにありがとうございました。

二〇二五年四月　長串 望

著者紹介

長串 望（ながくしのぞみ）

2017年、『小説家になろう』にてオリジナルファンタジー小説『異界転生譚ゴースト・アンド・リリィ』の連載を開始。2024年、第12回ネット小説大賞で同作が小説部門で受賞し、デビュー。2018年にはスピンオフ作品『異界転生譚シールド・アンド・マジック』の連載も開始。『ワンカップクリスマスケーキ』、『エルフ≒ホヤ論』など本人も想像していないところで評価される節があり、自分が何者なのかよくわかっていない。

イラストレーター紹介

KYO=H

漫画家、イラストレーター。「KYO=H」又は「まっつん！」名義でキャラクターデザイン、挿絵、TCG、ドラマCD等で活動しています。

◎本書スタッフ
デザイン：中川 綾香
編集協力：深川 岳志
ディレクター：栗原 翔

●著者、イラストレーターへのメッセージについて
長串望先生、KYO=H先生への応援メッセージは、「いずみノベルズ」Webサイトの各作品ページよりお送りください。URLは https://izuminovels.jp/ です。ファンレターは、株式会社インプレス・NextPublishing推進室「いずみノベルズ」係宛にお送りください。
●本書のご感想をぜひお寄せください
https://book.impress.co.jp/books/3524170039
アンケート回答者の中から、抽選で図書カード（1,000円分）などを毎月プレゼント。
当選者の発表は賞品の発送をもって代えさせていただきます。
※プレゼントの賞品は変更になる場合があります。
●本書の内容についてのお問い合わせ先
株式会社インプレス
インプレス NextPublishing　メール窓口
np-info@impress.co.jp
お問い合わせの際は、書名、ISBN、お名前、お電話番号、メールアドレス に加えて、「該当するページ」と「具体的なご質問内容」「お使いの動作環境」を必ずご明記ください。なお、本書の範囲を超えるご質問にはお答えできないのでご了承ください。
電話やFAXでのご質問には対応しておりません。また、封書でのお問い合わせは回答までに日数をいただく場合があります。あらかじめご了承ください。
インプレスブックスの本書情報ページ　https://book.impress.co.jp/books/3524170039　では、本書のサポート情報や正誤表・訂正情報などを提供しています。あわせてご確認ください。
本書の奥付に記載されている初版発行日から3年が経過した場合、もしくは本書で紹介している製品やサービスについて提供会社によるサポートが終了した場合はご質問にお答えできない場合があります。

●落丁・乱丁本はお手数ですが、インプレスカスタマーセンターまでお送りください。送料弊社負担に てお取り替えさせていただきます。但し、古書店で購入されたものについてはお取り替えできません。
■読者の窓口
インプレスカスタマーセンター
〒 101-0051
東京都千代田区神田神保町一丁目 105番地
info@impress.co.jp

いずみノベルズ

異界転生譚 ゴースト・アンド・リリィ①

2025年4月21日　初版発行

著　者　　長串 望
編集人　　山城 敬
企画・編集　合同会社技術の泉出版
発行人　　高橋 隆志
発行・販売　株式会社インプレス
〒101-0051
東京都千代田区神田神保町一丁目105番地

印刷・製本　株式会社暁印刷
Printed in Japan

ISBN978-4-295-02111-7　C0093

NextPublishing®
●インプレス NextPublishingは、株式会社インプレスR&Dが開発したデジタルファースト型の出版モデルを承継し、幅広い出版企画を電子書籍+オンデマンドによりスピーディで持続可能な形で実現しています。https://nextpublishing.jp/